GALERIE

DU

MUSÉE NAPOLÉON.

TOME SIXIÈME.

GALERIE

DU

MUSÉE NAPOLÉON,

Publiée par FILHOL, graveur,

Et rédigée par LAVALLÉE (Joseph), Secrétaire perpétuel de la Société phylotechnique, des Académies de Dijon et de Nancy, de la Société royale des Sciences de Gothingue, etc.

DÉDIÉE

A S. M. L'EMPEREUR NAPOLÉON I.ᴱᴿ

TOME SIXIÈME.

PARIS,

Chez FILHOL, Artiste-Graveur et Éditeur, rue de l'Odéon, N.° 35.

DE L'IMPRIMERIE DE GILLÉ FILS.

1809.

TABLE
DU SIXIÈME VOLUME.

LIVRAISONS DE 60 A 72.

GRAVURES DE 360 A 432.

SUJETS DE PEINTURE.

NOMS DES MAÎTRES.	ÉCOLES.	EXPOSITION DES SUJETS.	NUMÉROS des Planches.
Le Sueur.	Française	Résurrection du Docteur.	379
Idem.	Idem	Saint Bruno refuse la mitre d'Archevêque.	421
Marate (C.)	Italienne	Mariage de Sainte Catherine.	380
Metzu (G.)	Flamande	La Cuisinière.	369
Idem.	Idem	Femme hollandaise	375
Idem.	Idem	Une Scène familière.	404
Mignard (P.).	Française	Sainte Cécile	568
Netscher (G.)	Flamande	La Leçon de basse de viole	411
Idem.	Idem	Le Portrait chéri	405
Ostade (A. Van)	Idem	Un Marché aux Poissons.	381
Idem.	Idem	Les Inconvéniens du Jeu.	379
Patel.	Française	Paysage	382
Piètre de Cortonne.	Italienne	Sainte Martine	373
Poelenburg.	Flamande	Le Bain de Diane	364
Idem.	Idem	Mercure et Hersé	394
Idem.	Idem	Les apprêts du Jugement de Pâris.	406
Potter (P.).	Idem	Une Ferme	412
Poussin (N.).	Française	Le Tems fait triompher la Vérité.	385
Idem.	Idem	Le Ravissement de Saint Paul	409
Raphaël	Italienne	Portrait d'un Jeune Homme.	371
Idem.	Idem	La Vierge dite la Belle Jardinière.	427
Romain (Jules)	Idem	Apollon faisant danser les Muses.	362
Rembrandt.	Flamande	Jacob bénit les enfans de Joseph.	374
Idem.	Idem	Portrait d'un Guerrier	377
Idem.	Idem	l'Epouse de Rembrandt.	395
Idem.	Idem	La Famille du Bûcheron	410
Idem.	Idem	Portrait de Coppenol.	413
Ruisdaël.	Idem	Vue d'un Torrent	424
Schalken (G.)	Idem	Le Médecin des Urines.	387
Subleyras.	Française	Saint Benoît ressuscitant un enfant	403
Teniers (D.).	Flamande	La Cuisine.	393
Idem.	Idem	L'Intérieur d'un Estaminet	423
Titien (le).	Italienne	François I.er	431
Terburg (G.)	Flamande	La Musicienne	386
Werff (Van der).	Idem	Séleucus couronnant Antiochus.	392
Winants.	Idem	Paysage	370
Wouvermans (P.)	Idem	Les Marchands de Poissons.	388
Idem.	Idem	Engagement d'Infanterie avec de la Cavalerie.	429

SCULPTURES.

FIN DE LA TABLE DU SIXIÈME VOLUME.

J. BASSANO.

Def. par J. de o Rou. Grav. à l'Eau-forte par Ourevede. Terné par M. afrair. f.

LE CHRIST DESCENDU DE LA CROIX.

EXAMEN
DES PLANCHES.

PLANCHE PREMIÈRE.

BASSANO (JACOPO DA PONTE), né à Bassano en 1510, mort en 1592.
Elève de FRANCESCO DA PONTE, son père, et de BONIFACIO.

LE CHRIST DESCENDU DE LA CROIX ; *peint sur toile ; hauteur un
mètre soixante-quatre centimètres , ou quatre pieds dix pouces six lignes ;
largeur deux mètres trente-trois centimètres ou sept pieds.*

Peu de peintres ont autant produit que ce grand artiste. Tous les connaisseurs le regardent comme le premier coloriste de l'Ecole vénitienne.

Le nombre de ses ouvrages fut en effet immense ; il en orna , non-
seulement toutes les églises de toutes les villes de l'Etat de Venise , mais
encore celles de presque tous les villages, sans que cette étonnante fécondité l'empêchât de décorer aussi de ses tableaux les cabinets des princes
de l'Europe. Cette prodigieuse facilité a été cause du modique prix que
l'on mettoit à ses productions. Cette espèce d'injustice de la part du
public qui abusait ainsi du talent de ce grand peintre , a empêché le
Bassan d'être à son aise. Il travaillait vîte parce qu'il était pauvre. Et
Ridolfi , dans son ouvrage , relève avec amertume , mais en même tems
avec équité , cette avare habitude de la plupart des hommes qui refusent
souvent aux grands artistes le nécessaire pendant leur vie , et dès qu'ils
sont morts prodiguent les éloges à leur mémoire , et l'argent pour se procurer leurs ouvrages. La rapidité avec laquelle le Bassano travaillait
n'ôtait néanmoins rien au mérite de ses productions ; et dans cette foule

énorme de tableaux qu'il composa , et dont il fut souvent obligé d'envoyer un grand nombre au marché de Venise pour y être vendus , à-peuprès comme on envoie des légumes à la Halle , il n'en est aucun qui ne soit un objet d'admiration pour les connaisseurs , et un sujet d'étude pour les artistes.

Celui que nous présentons ici peut être indiqué comme l'un de ses plus précieux ouvrages. L'on voit que nécessairement il lui a coûté plus de tems et qu'il l'a peint avec un soin particulier. La composition en est tout-à-la-fois grande et dramatique, et l'effet d'une vigueur et d'une vérité étonnantes. Cette scène pathétique était digne d'occuper les pinceaux de cet habile homme , et il y a peu de tems que je remarquai qu'il ne fut point d'homme de génie dans la peinture qui ne l'ait traitée. Jacopo Bassano a représenté l'instant où le Sauveur du monde vient d'être détaché de la croix , et descendu au pied de l'échelle : il est entouré de sa mère , des saintes femmes, de St. Jean et de Joseph d'Arimathie. Celui-ci commence déjà à lui envelopper les épaules avec le linceuil qui doit servir à l'ensevelir. Tous les autres personnages considèrent , avec les signes de la plus profonde douleur , les restes inanimés de leur meilleur ami , et chacun a le caractère d'affliction qui lui est propre. Cette funèbre scène est éclairée par une torche dont la lumière se porte sur le corps du Christ , et se reflette sur tous les assistans. Cette lumière est si habilement distribuée qu'elle force l'œil à s'arrêter d'abord sur l'objet principal , et qu'elle semble donner une expression plus lugubre encore au sentiment pénible qu'éprouvent toutes ces personnes que l'amour et la vénération ont appelées sur ce théâtre de larmes. Le Bassano a peint peu de tableaux de chevalet d'une telle importance. Les figures sont de grandeur naturelle , ce qui se rencontre rarement dans ses tableaux de cabinet. Il est présumable , si l'on s'en rapporte du moins aux conjectures de Ridolfi , qu'il l'exécuta pour un duc de Bracciano. Ridolfi , à qui l'on doit l'histoire des peintres Vénitiens , dans la description des tableaux du Bassano , indique plusieurs de ceux qui décorent les palais des princes et des cardinaux de la cour de Rome, et dit : *Ed in particolare , il signor duca di Bracciano ha un deposto di croce , finto di note , rarissimo ;* selon toute apparence , c'est de celui-ci qu'il entend parler , et ce qui viendrait à l'appui de cette opinion , c'est que la collection des peintures que possédaient les seigneurs de cette maison a été vendue , et se trouve maintenant disséminée dans les cabinets de l'Europe.

APOLLON FAISANT DANSER LES MUSES.

Le Musée doit aux conquêtes de l'an 1806 un autre tableau de Bassano beaucoup plus petit, qui paraît être une répétition de celui que nous venons de décrire et qui pourrait bien avoir été fait par ses fils Francesco et Léandre.

Ce beau tableau faisait partie de la collection des Rois de France. L'Epicié en parle avec un grand éloge, il dit : « Qu'indépendamment de » l'harmonie et de la force de coloris, il réunit une touche et un faire » qu'il est aussi difficile d'imiter que de décrire ». Nous ne pouvons mieux terminer cet article que par cette citation de l'ouvrage d'un écrivain dont les connaissances sont estimées parmi les artistes, et qui ne dit ici rien qui ne soit parfaitement conforme à la justice et à la vérité.

PLANCHE II.

JULES ROMAIN.

APOLLON FAISANT DANSER LES MUSES; *peint sur bois; hauteur trente-sept centimètres ou treize pouces neuf lignes; largeur quatre-vingt centimètres ou un pied huit pouces.*

DANS la description que Richarson, dans son voyage d'Italie, donne des tableaux dont alors les salles du Palais Pitti étaient décorées, cet écrivain n'est pas éloigné d'attribuer ce tableau à Polidor de Caravage. Cette opinion n'est pas dénuée de fondement. Ce tableau est exécuté sur un fond d'or, et l'on connaît toutes les belles frises que cet habile dessinateur et Mathurino son ami exécutèrent de la sorte. Cependant, il faut convenir que rien ne prouve qu'il ne soit pas de Jules Romain. Au reste, en supposant qu'il appartint à Polidor ou à Mathurino, ou qu'on l'attribuât à un autre peintre, la gloire de ces deux habiles gens n'en serait pas pour cela moins grande, comme de même on n'ajouterait rien à celle de Jules Romain en le lui prêtant, ainsi que le fait la notice du Musée.

Les Muses se tiennent par la main et dansent avec Apollon, que l'on reconnaît aisément à son carquois et au laurier dont il est couronné. Comme aucun attribut ne les distingue, leurs noms se trouvent peints ou écrits sur une petite banderole. Elles chantent en dansant, et reçoivent le ton d'Apollon. Ce sujet est sans doute une allégorie. Le peintre n'aurait-il pas voulu faire entendre que tous les arts se tiennent par la main, et sont également enfans du dieu du Pinde?

La pose de toutes ces figures est agréable et gracieuse. Il y a de la vérité et de la souplesse dans leurs mouvemens. Les draperies sont ingénieusement jetées ; mais le coloris de chacune de ces muses est crud , et tient beaucoup de la manière des artistes habitués à peindre la fresque.

PLANCHE III.

DOW (GÉRARD).

JEUNE FEMME A UNE FENÊTRE ; *peint sur bois ; hauteur trente-huit centimètres ou quatorze pouces ; largeur vingt-neuf centim. ou dix pouces dix lignes.*

UNE jeune femme vient de cueillir une grappe de raisin à une vigne, dont les pampres tapissent extérieurement les parois de sa maison. Elle se dispose à refermer la croisée dont les vitraux sont gothiques.

On voit sur le côté un chardonneret enchaîné , charmante et malheureuse petite victime, dont on afflige encore la captivité en forçant son intéressante faiblesse à puiser dans un bocal, suspendu à sa petite prison , l'eau dont il a besoin pour se désaltérer ; spectacle que nous voyons tous les jours sans rougir de sa barbarie, et que tant de mères imprudentes mettent sous les yeux de leurs enfans, sans réfléchir qu'elles leur fraient le chemin de la cruauté.

Cet ouvrage porte le nom de Gérard Dow. Il est évident qu'il a retouché la tête de cette figure et mis de l'harmonie dans ces vêtemens ; mais on ne le reconnaît point dans le reste des accessoires ; et nous partageons l'opinion de M. J. B. P. Le Brun , connaisseur distingué , qui attribue ce tableau à Van Starve , élève de Gérard Dow.

Il sort de la galerie de Turin.

PLANCHE IV.

POELEMBOURG (CORNEILLE).

LE BAIN DE DIANE ; *peint sur bois ; hauteur cinquante - trois centimètres trois millimètres ou dix - neuf pouces six lignes ; largeur quatre-vingt-cinq centimètres ou deux pieds sept pouces.*

AU retour de la chasse , les Nymphes de Diane se baignent dans un petit lac, qu'alimente et rafraîchit un ruisseau qui se précipite

Des.ⁿ par J. le Roy.   Grâ.ᵉ à l'eau-forte par Châtaigner.   Term.ᵉ p.ᵉ Massard p.ʳᵉ

JEUNE FEMME A UNE FENETRE.

VAN DER HEYDEN.

Des. par Chevaux.   Grâ. à l'eau-forte par Révillès.   Term. par C. Niquet.

VUE DE L'HOTEL DE VILLE D'AMSTERDAM.

des rochers voisins. La Déesse, que l'on reconnaît à son croissant, s'avance elle-même vers le bain, et va s'y plonger.

Ce tableau, dont la conservation est parfaite, était depuis long-tems dans la collection des rois de France. Il n'est cependant pas, à notre avis, le plus estimable de tous ceux de ce peintre que possède le Muséum. Ses petits tableaux sont infiniment préférables, surtout pour l'harmonie. Celui-ci en manque totalement. L'exécution en est sèche, et les figures de toutes ces Nymphes sont peu gracieuses.

PLANCHE V.

HEYDEN (JEAN VAN DER), né à Gorcum en 1637, mort à Amsterdam en 1712.

LA MAISON DE VILLE D'AMSTERDAM ; *peint sur toile ; hauteur soixante-douze centimètres ou deux pieds deux pouces ; largeur quatre-vingt-cinq centimètres ou deux pieds sept pouces.*

LA construction de ce vaste monument, élevé sur la place dite le Dam, fut commencée le 28 octobre 1648. Le sol sur lequel on voulut le bâtir, était un marais. En conséquence, on le fonda sur treize mille six cent cinquante-neuf pilotis, tous contigus les uns aux autres. L'édifice total coûta à la République plus de trente millions de florins; Jacob Van Kampen et Daniel Stalpert en furent les architectes. Les sculptures sont d'Artus Quelyn ; le bâtiment a deux cent quatre-vingts pieds de longueur sur deux cent cinquante de largeur; son élévation est de cent seize pieds. On pénètre dans l'intérieur par sept arcades uniformes, qui faisaient allusion aux sept provinces unies. L'arsenal, la bourse et les prisons occupent le rez-de-chaussée ; les étages supérieurs sont réservés aux tribunaux.

Van der Heyden, en peignant cet édifice, a pris son point de vue du coté d'une maison gothique dite la maison du Poids, parce que c'est-là que l'on pèse les marchandises. Cette maison masque malheureusement une des façades latérales de l'hôtel-de-ville. Les magistrats n'ont pas voulu la faire abattre par un principe de respect pour les propriétés des particuliers.

Ce précieux tableau peut être considéré comme le chef-d'œuvre de cet habile peintre. Les figures dont il est animé sont d'Adrien Vanden-Veldt ; elles sont pleines de finesse, d'expression et de charmes.

Ce chef-d'œuvre était resté dans la famille de Van der Heyden. Celui de ses héritiers à qui il était échu en partage jouissait d'une fortune considérable : cependant soit par avarice, soit par faute de connaissance dans les arts, il se plaignait souvent de l'avoir payé mille florins par l'estimation d'inventaire. Néanmoins son orgueil, flatté d'avoir en sa possession un des plus beaux ouvrages de son ayeul, faisait taire l'intérêt, et il s'était refusé à s'en défaire quelques fortes que fussent les sommes qu'on lui avait offertes. M. Randon de Boisset même, cet amateur célébre, avait échoué dans ses tentatives.

Sur ces entrefaites, M. le comte d'Angevilliers, chargea M. Paillet négociant recommandable et connaisseur distingué, d'aller en Hollande acheter des tableaux pour le compte du Roi. En visitant les cabinets, il vit ce bel ouvrage, et mit tout en usage pour l'acquérir sans pouvoir vaincre l'entêtement du propriétaire. Il eut recours alors à un courtier, à qui il confia le succès de ses vœux. Celui-ci usa d'un stratagême qui ne blessait en rien la délicatesse de l'acheteur. Il choisit l'heure de la bourse pour parler au propriétaire ; il lui dit qu'un étranger se présentait pour faire l'acquisition de son tableau, et que le seul moyen de se délivrer de ses importunités, était de le mettre à un prix tellement élevé, qu'il en fût effrayé. Le propriétaire donna dans le piège, et en demanda six mille florins. Alors le rusé courtier lui mit sur-le-champ dans la main une pièce d'or de quatorze florins, en lui disant : Le tableau est à moi, votre somme va vous être soldée.

Ces sortes de marchés faits à la bourse sont sacrés, et l'on connaît la sévérité des principes hollandais. Le propriétaire furieux, et que les reproches de sa famille désespérée de voir passer sans raison cet objet dans des mains étrangères accablaient encore, fut néanmoins obligé de tenir sa parole. M. Paillet apporta le tableau à Paris où il fut admiré comme il le sera toujours. On essaierait en vain d'en faire l'éloge ; il serait toujours au-dessous de son mérite. Il est imposible de peindre avec plus de vérité et de finesse. On croit être sur la place même d'Amsterdam. L'illusion est complète.

DIANE.

PLANCHE VI.

DIANE.

VOICI l'une des plus belles statues que l'antiquité nous ait transmises. Diane est ici représentée en habit de chasseresse ; elle porte une tunique sans manches, plissée, étroite et exigue. Ses flancs sont enveloppés d'un petit manteau ; elle tient son arc d'une main, et de l'autre se dispose à prendre une flèche dans le carquois qu'elle porte suspendu sur l'épaule gauche. Elle est chaussée d'un riche cothurne ; le reste de la jambe est nud. A la gauche de la Déesse, l'on aperçoit une biche ; elle court, et semble chercher un abri protecteur sous l'arc de Diane. Le mouvement de cette fière divinité est vif et animé. Elle paraît dans ce moment inspirée par un sentiment de profonde colère. Sa tête est altière ; son regard est celui de l'orgueil irrité. Un diadème ceint et retient sa chevelure, et laisse à découvert son front élevé, sur lequel la sévérité de son caractère et de ses mœurs est empreinte.

L'action de cette biche qui devrait fuir à l'aspect de Diane, plutôt que se réfugier près d'elle, semblerait un contre-sens ; le bois qu'elle porte sur sa tête annoncerait également, de la part du statuaire, une ignorance profonde de l'histoire naturelle, si l'on n'appelait au secours de ce groupe, la fable et la mythologie pour expliquer ces deux circonstances, qui, au premier coup-d'œil, paraissent des absurdités. C'est ce que le savant Visconti a fait avec succès dans l'explication qu'il a donné de cette figure. Cette biche est, selon lui, la fameuse biche de *Cerynée*, dont le bois était d'or et les pieds d'airain, et que la nymphe *Taygète*, fille d'*Atlas*, avait consacrée à Diane. Eurystée voulut avoir en sa possession cette fameuse biche. Il ordonna à Hercule de la lui amener ; et l'on sait que par une loi du destin, ce héros était contraint à obéir à ce tyran que protégeait Junon. La recherche de cette biche ne fut pas le moins fatiguant ni le moins dangereux des travaux d'Hercule. Elle lui échappa long-tems, et se fit poursuivre à travers vingt contrées différentes. Enfin, Hercule l'atteignit sur les bords du *Ladon*, dans l'Arcadie, et s'en empara ; mais à peine l'avait-il en son pouvoir, que Diane s'élançant du mont *Artémision*, lui enleva cette biche qu'elle prétendait être sa propriété, et menaça Hercule de l'accabler de ses traits s'il lui opposait quelque résistance. Visconti, en rapportant cette fable, s'appuie de l'autorité de Pindare, Od. 3, et d'Apollodore, livre 2, chap. 5, §. 3.

Il pense, d'après l'examen des mouvemens et de l'expression de cette figure, et des accessoires dont elle est accompagnée, que ce trait de mythologie en a fourni le sujet au statuaire, et que la scène se passe à l'instant où Diane vient de recouvrer sa biche chérie, et où elle est encore en proie à son ressentiment de l'audace d'Hercule.

Cette statue est la plus belle de toutes celles connues qui représentent Diane. Elle a mérité d'être mise en parallèle avec le célèbre Apollon du Belvédère, et n'a point été vaincue dans cette lutte périlleuse. Elle est de marbre de Paros. Elle était placée dans la galerie de Versailles dont elle faisait le plus riche ornement.

Ce précieux antique est assez bien conservé. La tête de la biche, l'arc et le carquois de la figure, quoique restaurés, ont retenu assez de fragmens de l'antiquité pour que l'on ait pu les rétablir tels qu'ils étaient dans l'origine. Au reste, tout ce qui manquait à l'intégrité de ce chef-d'œuvre, a été réparé il y a peu d'années avec une intelligence et avec un talent peu communs par le sieur Lange ; et nous partageons entièrement, à cet égard, l'opinion exprimée dans la notice du Muséum.

Dans les nouvelles constructions du Louvre, l'on a préparé une salle magnifique pour recevoir cette belle statue qui lui donnera son nom. Tous les tableaux et sculptures de la voûte ont rapport à son histoire. Quelle admirable galerie que celle dont les deux extrémités seront illustrées par la Diane de Versailles et par l'Apollon du Belvédère.

Quoique quelques personnes datent du règne de Henri IV l'arrivée en France de cette statue, il est plus présumable qu'elle remonte à ceux de François I.er ou de Henri II, qu'elle fit partie des antiquités que le Primatice fit venir de Rome, et que ce fut une galanterie que par cette acquisition on voulut faire à la belle et fameuse Diane de Poitiers.

Ce chef-d'œuvre a la même proportion que l'Apollon du Belvédère, deux mètres six centimètres ou six pieds deux pouces.

Desˢⁱⁿᵉ par J. le Roy.   Gravé à l'Eau-forte par Chataigner.   Termⁱⁿᵉ par Bovinet.

LA FEMME HYDROPIQUE.

EXAMEN
DES PLANCHES.

PLANCHE PREMIÈRE.

DOW (GÉRARD).

LA FEMME HYDROPIQUE; *peint sur bois; hauteur quatre-vingt-six centimètres six millimètres ou deux pieds sept pouces six lignes; largeur soixante-huit centimètres huit millimètres ou deux pieds un pouce.*

Voici, de tous les ouvrages de Gérard Dow, celui qui dans les arts a joui jusqu'à ce jour de la plus haute réputation. A quoi le doit-il? Au pathétique du sujet, à l'importance de la composition, au sentiment des personnages, à la noblesse de leur caractère, et surtout à l'extrême perfection de l'exécution générale. Quoique dans cet ouvrage cet habile artiste paraisse n'avoir rien emprunté de l'antique, il ne s'y montre pas moins grand peintre par la dignité qu'il a su répandre sur cette scène familière, mais touchante.

Une femme opulente, encore éloignée de la vieillesse, est atteinte d'une hydropisie, et semble toucher à ses derniers momens. Près d'elle est sa fille, brillante des dons de la jeunesse. Les pleurs inondent son visage. Elle est secondée, dans les soins qu'elle rend à sa mère, par une jeune gouvernante, qui présente à la malade un breuvage, bien inutile sans doute, mais qui peut alléger les douleurs qu'elle éprouve.

La science des médecins a, selon toute apparence, échoué dans cette guérison. La piété filiale, le désir de la prolongation de la vie commun à tous les êtres, la crédulité peut-être, ont eu recours à l'un de ces empyriques, toujours devancés par le bruit des cures

admirables qu'ils ont opérées, et toujours enrichis par le peuple qu
le merveilleux séduit et que ses espérances trompées ne corrigent jamais
Cet homme vient d'arriver. On reconnaît aisément sa profession à so
costume fastueux, et à cette arrogante confiance, compagne ordinair
du charlatanisme heureux et impuni. Il regarde attentivement des urine
de la malade, contenues dans un vase de cristal, et d'après l'examen
desquelles il a promis sans doute d'asseoir ses pronostics. Le silence
qui semble enchaîner sa langue, annonce qu'il ne conçoit plus d'espoi
de salut ; et les larmes de la jeune fille prouvent qu'elle a déjà inter-
prêté ce silence. Un instant avant, elle lisait pour distraire sa mère.
C'était quelque passage de l'écriture. Cet *in-folio* ouvert sur ce pupitre
que l'on voit près de la fenêtre, l'indique. Elle a quitté sa lecture pour
voler aux pieds de la malade, qu'une faiblesse vient de prendre. Elle
s'est emparée de l'une de ses mains, qu'elle baigne de ses larmes. La
jeune gouvernante lui fait signe de se contenir, dans la crainte que
l'excès de sa douleur n'effraie sa mère.

Ce beau tableau est l'ouvrage de l'ame. Le spectateur ne peut résister
à l'éloquence de cette scène. Il s'attendrit à l'aspect d'une mère de
famille prête à descendre dans le tombeau, et dont les vertus et l'amour
qu'elle mérita sont peints dans les regrets qu'elle laisse après elle.
L'on ne retrouve pas ici cette sublimité de pensée que l'on admire dans
le Testament d'Eudamidas, léguant sa mère à son meilleur ami ; mais
cette scène se rapproche davantage de la nature : elle parle au cœur
de tous les hommes. Quelle est la famille où cette catastrophe doulou-
reuse ne se soit répétée ? Est-il un honnête homme qui ne s'identifie
avec l'action que le peintre met ici sous ses yeux, et qui ne retrouve,
dans les larmes qu'il est prêt à répandre, la date du jour où la mort
lui ravit ou son père ou sa mère.

Si l'exécution générale est admirable, elle n'est pas moins étonnante
encore si l'on s'arrête aux détails. Les draperies, les meubles, les
vitraux, les effets de la lumière, les rayons du soleil vers lequel la
malade s'est fait approcher pour jouir de sa chaleur et de sa clarté
encore une fois, tout est vrai comme la nature ; et il serait inutile de
s'apesantir sur l'éloge.

Le peintre avait eu lui-même sans doute une sorte de prédilection
pour ce chef-d'œuvre. Nous nous rappelons d'avoir vu au Musée,
lors de l'exposition première, les volets qu'il avait peints pour le re-

Des.ᵗ par S. le Roy.   Grav.ᵉ à l'eau-forte par Chastaignet.   Terminé par Villeray.

S.ᵀᴱ CÉCILE.

couvrir, et le prémunir contre les accidens. Il avait ébauché sur leurs panneaux une aiguière, et un plateau recouvert d'une serviette.

L'électeur Palatin acheta ce magnifique tableau au prix de 3o,ooo florins, et en fit don au prince Eugène. A la mort de ce prince, il passa par héritage dans la maison de Savoie, et entra dans la galerie royale de Turin. Le général Clausel, à qui le dernier roi de Sardaigne en fit présent, s'empressa d'en faire hommage au Directoire exécutif, qui de suite l'envoya au Musée central des Arts, aujourd'hui Musée Napoléon.

La haute réputation dont ce chef-d'œuvre jouissait dans la curiosité, s'est soutenue au milieu de cette immense et magnifique collection dont il fait aujourd'hui partie. Il n'a rien perdu de sa gloire à cette épreuve redoutable, que plusieurs tableaux d'Italie tant célébrés jadis, n'ont pas soutenue avec le même succès.

PLANCHE II.

MIGNARD (PIERRE).

SAINTE CÉCILE; *peint sur toile ; hauteur soixante-douze cent. ou deux pieds deux pouces ; largeur quarante-six centimètres huit millim. ou dix-sept pouces.*

RAPHAEL et le Dominiquin ont traité le même sujet. Le Musée possède ces deux tableaux, et nous les avons déjà publiés. Le lecteur se rappelera sans doute que ces deux grands peintres ont représenté Sainte Cécile occupée à chanter les louanges de l'Eternel, et que nous avons donné un aperçu historique de la vie de cette Sainte, vierge et martyre.

Mignard a prêté à Sainte Cécile la même intention que celle que lui donnèrent les deux peintres italiens. Dans sa composition, il s'est plus rapproché du Dominiquin que de Raphaël. Celui-ci a représenté Cécile debout, entourée de plusieurs personnages. Mignard, ainsi que le Dominiquin, a peint la sienne seule et inspirée. Elle pince de la harpe; ses yeux sont levés vers le ciel, et l'on reconnaît que c'est au Très-Haut que s'adressent ses accords. Un ange debout, les ailes éployées, le coude appuyé sur un des genoux de la Sainte, tient un livre de musique ouvert, et mêle les sons de sa voix mélodieuse à ceux que Sainte Cécile tire de sa harpe.

4

Cette scène se passe sous un riche portique, décoré de colonne
et d'un grand rideau à franges d'or, relevé et drapé avec éléganc
Une table couverte d'un tapis également somptueux, est à côté d
Sainte Cécile, dont la chaise riche, mais d'un mauvais goût, est da
le genre des meubles en usage chez les grands à l'époque où Migna
peignit ce tableau. Sainte Cécile est superbement vêtue. Le peint
a voulu rappeler, par ce faste, qu'elle appartenait à l'illustre famil
des Cécilius, qui fut à Rome si féconde en grands hommes; il e
été plus convenable à la vérité historique et à la sévérité du goût
de lui donner le costume d'une femme romaine; mais cette nobl
simplicité eût été persiflée dans un tems où les yeux étaient ébloui
par le fastueux éclat de la cour de Louis XIV, et n'étaient poin
familiarisés avec la belle antiquité, que Mignard avait dû cependan
étudier pendant le long séjour qu'il avait fait à Rome. Telle sera
l'excuse dont il userait aujourd'hui pour repousser la critique; mai
elle n'effacerait pas le ridicule d'avoir donné à une dame romaine, e
surtout à une Sainte, le costume d'une odalisque du sérail ou d'une
bayadère de Surate.

Cette basse de viole, ce haut-bois, ce clairon, ce tambour de
basque, épars aux pieds de la Sainte, indiquent qu'elle est la patrone
des musiciens. Ce choix d'instrumens est mauvais; il rappelle à
l'esprit ces musiciens ambulans qui, dans les rues, par leur aigre et
discordante symphonie, déchirent les oreilles délicates, bien plus
que l'idée de ces virtuoses dont les talens nous enchantent. Les instrumens peints dans ce tableau sont pour ainsi dire de mauvaise
compagnie : il est vrai qu'à l'époque où travaillait Mignard, la musique
était encore dans l'enfance, et les concerts qui charmaient les *Dilettanti*
de son tems, nous paraîtraient sans doute bien détestables aujourd'hui.

Ce tableau est néanmoins agréable. Il réunit les mêmes beautés et
les mêmes défauts que nous avons déjà remarqués dans celui de *la
Vierge à la grappe* du même auteur, publié sous le N.º 260 de
cette collection; c'est-à-dire, une expression assez vraie, un pinceau
facile et brillant; mais de la mollesse dans les formes, peu de chaleur,
et par conséquent nul enthousiasme.

Ce tableau, exécuté pour Louis XIV, plut beaucoup à ce monarque.
Il le fit placer dans son cabinet particulier, pour l'avoir sans cesse
sous les yeux.

G. METZU.

Des.^é par Plonski.   Grav.^é à l'Eau-forte par Lerouge.   Ter.^é par Massard p.^{re}

LA CUISINIERE.

Dessiné par Grégorius.   Gravé à l'Eau-forte par Dazouls.   Terminé par Niquet.

PAYSAGE.

PLANCHE III.

METZU (GABRIEL).

UNE CUISINIÈRE ; *peint sur bois ; hauteur vingt-neuf centimètres huit millimètres ou dix pouces six lignes ; largeur vingt-sept centim. ou neuf pouces huit lignes.*

CETTE cuisinière hollandaise est assise. Ce lièvre mort, ce sceau de bois léger, d'un usage commun en Hollande, comme nous l'avons ailleurs indiqué, et que l'on voit sur cette table recouverte d'un vieux tapis à côté de cette cuisinière, indiquent assez qu'elle revient du marché. Elle a devant elle une manne d'osier, sur laquelle est une sorte de sebile de bois, remplie des pommes qu'elle s'occupe à peler ; elles serviront à faire la sauce de ce lièvre, ragoût assez ordinaire dans la cuisine hollandaise.

Malgré le peu d'importance apparente de ce petit tableau, il n'en est pas moins dans les arts, et pour les connaisseurs, un bel échantillon du beau talent de Metzu ; il est d'une exécution tout-à-la-fois facile et brillante. Il sort de l'une des plus riches collections particulières de Paris, ainsi que son Pendant, que nous publierons dans l'une de nos plus prochaines livraisons.

PLANCHE IV.

WINANTZ (JEAN).

UN PAYSAGE ; *peint sur bois ; hauteur trente-huit centimètres huit millimètres ou un pied deux pouces ; largeur quarante-sept centim. six millimètres ou un pied sept pouces quatre lignes.*

CE tableau représente une petite ferme située sur les bords assez escarpés d'une grande rivière, dont le cours sinueux arrose ce paysage. Les bâtimens de cette ferme sont ombragés par de vieux saules et enceints par une haie délabrée. Sur le devant sont les troncs noueux de deux arbres morts. Non loin d'eux des bestiaux, les uns couchés, d'autres debout se reposent. Un pâtre conduisant deux chèvres, suit le chemin qui conduit à la ferme. Dans le fond, on aperçoit un village près duquel des moissonneurs relèvent des javelles. Des canards nagent sur la rivière, s'y baignent et s'y jouent.

Cet habile paysagiste n'a fait ici qu'une esquisse. On reconnaît aisément que tout y est préparé par la main d'un maître; mais rien n'est assez fait pour que cet ouvrage puisse être comparé aux précieux tableaux de ce même artiste, que l'on admire dans le Musée Napoléon.

PLANCHE V.

RAPHAEL.

PORTRAIT D'UN JEUNE HOMME; *peint sur bois; hauteur cinquante-sept centimètres trois millimètres ou un pied neuf pouces; largeur quarante-quatre centimètres trois millimètres ou un pied quatre pouces.*

Cette espèce de propension pour les conjectures, dont les hommes instruits ne sont pas même exempts, lorsqu'il s'agit d'expliquer un objet quelconque dont l'origine est perdue, a porté quelques amateurs à prétendre que ce tableau représentait Raphaël jeune, peint par lui-même. Il n'est pas difficile de combattre cette opinion, ni même de prouver combien elle est dénuée de fondement. Il suffit de se rappeler le genre de *faire* de Raphaël à l'âge où l'on suppose qu'il se serait peint ici lui-même, et de le comparer avec celui que l'on remarque dans ce portrait. Ainsi, en admettant la supposition, l'âge donné à cette figure prouverait que Raphaël était à cette époque dans l'école du Perugin, et par conséquent encore totalement imbu de la manière de son maître, tandis que l'exécution du tableau prouve au contraire que lorsque Raphaël y travailla, il était dans toute la force de son talent.

Tout démontre donc que cet ouvrage de ce grand peintre n'est point son portrait, mais bien celui de l'un de ses élèves favoris. C'est un de ces portraits d'amitié que les artistes se font entr'eux, où le peintre ne s'attache pas à ce précieux fini que les particuliers exigent lorsqu'ils se font peindre, mais où l'on trouve toute la verve et tout l'enthousiasme d'un premier jet.

Ce tableau, très-ancien dans la collection des rois de France, a été gravé par Nicolas Edelinck, et se trouve dans le recueil de Crosat.

Deßiné par Bourden.   Gravé par C.Bouvois.

PORTRAIT D'UN JEUNE HOMME.

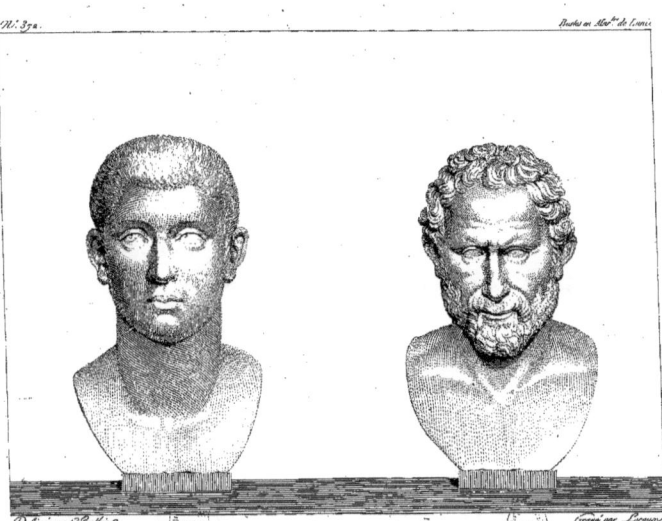

ALEXANDRE SEVERE.　　　DÉMOSTHENE.

PLANCHE VI.

ALEXANDRE SÉVÈRE ET DÉMOSTHÈNE.

DEUX BUSTES.

Ces deux bustes sont précieux par la belle conservation, par la pureté du ciseau, et par la parfaite ressemblance.

Celui dont les traits annoncent la jeunesse, représente l'empereur Alexandre Sévère, comme il n'est guère possible d'en douter d'après son extrême ressemblance avec les portraits de ce prince que l'on trouve gravés sur les médailles qui nous restent de son époque.

Marcus Aurelius Severus Alexander était phénicien, et naquit à Arco en 208. Il était fils de Genesius Marcianus et de Mammea. L'infâme Héliogabale le prit en amitié, et l'adopta. Ce fut de ce monstre qu'il reçut le surnom d'Alexander. Il pensa payer cher cette faveur. Héliogabale eût désiré trouver dans ce jeune César un servile imitateur de ses extravagances. Sévère naturellement grand et vertueux, et dont les heureuses qualités avaient puisé plus de force encore dans une éducation soignée, refusa de se soumettre en ce seul point aux volontés de son père adoptif. Héliogabale résolut de s'en venger en lui ôtant la vie; mais la crainte que lui fit éprouver l'amour que le soldat portait à Alexandre Sévère, l'empêcha de commettre ce crime. Héliogabale périt assassiné, et Alexandre parvint à l'empire en 222, à l'âge de quatorze ans. Il fit oublier sa grande jeunesse par sa prudence, sa fermeté et son courage. Malheureusement pour l'empire romain, si fatigué par les attentats des prédécesseurs d'Alexandre, il ne régna que treize ans; mais il marqua ce court espace par un amour éclairé pour les arts et pour les sciences, par de sages loix, par des réformes utiles, par un attachement constant à la justice, par une tolérance parfaite, par un véritable courage, et par de grandes victoires. Il rétablit la sévérité de la discipline dans les armées, et n'en fut pas moins cher aux soldats, parce qu'il veillait sur tous leurs besoins, et les faisait payer largement. Quand la timidité ou la modestie empêchait les lettrés et les artistes de se produire auprès de lui, il ne dédaignait pas d'aller les chercher lui-même.

« Pourquoi, leur disait-il, ne me demandez-vous rien ? aimez-vous
» mieux vous plaindre en secret que de m'avoir obligation ? » Habile
dans la guerre, il humilia, par de sanglantes défaites, l'orgueil
d'Artaxercès, roi de perse. Après son triomphe à Rome, il partit
pour réprimer les Germains qui s'étaient jetés sur l'Illyrie et les
Gaules. Il était près de Mayence lorsqu'il fut victime de l'ambition
de Maximien. Ce barbare l'assassina. Trop de condescendance pour
l'avarice de sa mère Mammea, est le seul reproche que l'on ait fait
à sa mémoire.

Le beau buste qui représente ici cet empereur, est de marbre de
Luni, et sort de la collection particulière de Pie VI.

Le second buste représente Démosthènes, et c'est un des plus
beaux portraits de cet orateur célèbre que l'antiquité nous ait transmis.

Disciple de Platon, Démosthènes reçut de la nature tous les dons
nécessaires pour devenir l'homme le plus profond dans toutes les
sciences qu'il eût voulu cultiver, et par une bizarrerie singulière, elle lui
refusa les qualités physiques absolument indispensables pour la seule
science dont il fût charmé, l'éloquence. Sa poitrine était faible, son
organe était sourd, sa prononciation embarrassée. A force de soins,
de patience, et de travaux, il triompha de toutes ces difficultés ; il
se fit dans la tribune un nom qui ne périra jamais. Philippe de
Macédoine et Alexandre son fils, si célèbres par leurs victoires, n'ont
point eu d'ennemi plus redoutable. La gloire de Démosthènes serait
sans tache, s'il n'eût cédé aux dons d'Alexandre ; mais l'homme qui
eut le courage de se donner la mort pour ne pas fléchir devant
Antipater, n'eut pas la force de résister à l'appât d'une coupe d'or.

Ce buste qui le représente dans un âge assez avancé, était à la
Villa Albani avant d'être apporté au Musée Napoléon.

Def.^é par S. Le Roy.   Gra.^{vé} à l'eau-forte par Chataignier.   Termi.^é par Dambrun.

S.^{TE} MARTINE.

EXAMEN
DES PLANCHES.

PLANCHE PREMIERE.

PIÈTRE DE CORTONE.

SAINTE MARTINE ; *peint sur cuivre ; hauteur quarante-six centim. huit millimètres ou un pied cinq pouces ; largeur trente-quatre centim. ou treize pouces.*

L'ÉPOQUE du martyre de Sainte Martine date, disent les légendaires, de la quatrième année du règne d'Alexandre Sévère. Seuls ils font mention de cette Sainte ; l'histoire n'offre aucune trace de sa vie. En consultant donc les écrits des légendaires, on voit que cette vierge était romaine ; qu'elle était issue de parens revêtus des premières dignités de l'empire, et qui professaient la religion chrétienne ; qu'elle fut élevée dans les principes de cette religion ; qu'elle devint orpheline dans un âge assez tendre, qu'elle se dépouilla de tous ses biens et les distribua aux pauvres, et qu'enfin son unique occupation fut de servir le Seigneur.

Ces légendaires ajoutent qu'au commencement de la cinquième persécution, elle fut surprise dans une église par trois officiers de l'empereur, qu'ils l'interrompirent dans ses prières en lui ordonnant de les suivre et de venir sacrifier dans le temple d'Apollon. Elle obéit ; mais en entrant dans le temple, elle fit, disent les auteurs de sa vie, le signe de la croix. A l'instant un violent tremblement de terre alarma toute la ville où cette scène se passait ; une partie du temple s'écroula, la statue d'Apollon fut renversée et brisée, les prêtres payens et une grande partie du peuple, présens au sacrifice, furent écrasés. Ce miracle ne décilla point les yeux des persécuteurs de

Sainte Martine; elle fut condamnée à souffrir les plus horribles tourmens. Cependant on différa son supplice de quelques jours; elle
fut encore traînée dans le temple de Diane et elle eut également
recours au signe de la croix. Alors, poursuivent les légendaires, le
démon sortit du temple avec un bruit épouvantable, un feu dévorant
descendit du ciel, consuma la statue de Diane et le temple, dont
les débris écrasèrent les prêtres et un grand nombre des assistans.

Pièrre de Cortone a écarté de sa composition tout ce que ces deux
évènemens pouvaient offrir ou d'horrible ou de dégoûtant. Il a représenté la Sainte à genoux sur le bûcher, préparé sans doute pour
son supplice. Ses mains appuyées sur son cœur, sa tête et ses regards
élevés vers le ciel annoncent les actions de grâces qu'elle rend à
l'Eternel pour la protection manifeste qu'il a bien voulu lui accorder.
La présence des Chérubins que l'on aperçoit dans le fond du tableau
prouve que Dieu accueille l'expression de sa pieuse gratitude. Le reste
de la composition représente les ruines du temple; les flammes le
consument encore, ainsi que l'autel, la statue de la Déesse, et les
apprêts du sacrifice; les prêtres paraissent éperdus, le peuple fuit.
Dans le fond l'on voit quelques arbres et de riches fabriques.

Ce sujet riait sans doute à l'imagination de Pièrre de Cortone, ou
peut-être avait-il une dévotion particulière à cette Sainte; l'on en connaît
plusieurs répétitions, et elles varient entr'elles simplement par les
accessoires. Dans la galerie de Florence que l'on doit à M. Masquelier,
l'on en trouve une estampe gravée par Robert Delaunay. Dans celle-
ci, la Sainte est également représentée à genoux, mais elle foule les
débris de la statue de Diane; les Chérubins n'y sont point rappelés.

Les hommes instruits dans les arts, et notamment M. Morel d'Arleu,
connaisseur très-éclairé, pensent que c'est à tort que cette gravure
porte le titre du Triomphe de Sainte Agnès. Les circonstances du
martyre de ces deux vierges sont rapportées trop différemment par les
écrivains pour que l'on puisse s'y méprendre. On doit, au reste,
tenir compte à Pièrre de Cortone de n'avoir point choisi pour sujet
le supplice de cette Sainte; il est rare que ces sortes de compositions ne
présentent quelque chose d'atroce, qui force le spectateur à détourner
les yeux. Il s'est contenté d'indiquer ce martyre par les faisceaux,
le glaive, les crochets de fer que l'on voit épars sur le sol.

M. Morel, que je citais tout-à-l'heure, pense, avec tous les hommes

Dessiné par Plaudis.   Gravé par Oortman.

JACOB BÉNIT LES ENFANS DE JOSEPH.

qui ont étudié la marche des arts en Italie, que Piètre de Cortone devint le chef de l'Ecole Romaine et Florentine, lorsque la facilité remplaça le génie, et que l'étude se réduisit à l'union de ce qui pouvait plaire aux yeux; à l'époque, enfin, où le contraste des membres remplaça l'expression, où la multitude des figures fut préférée au choix de celles nécessaires, où les plis des draperies, tantôt multipliés sans mesure, tantôt larges, vagues et indéterminés, dérobèrent les formes sans nécessité, pour se ménager simplement la ressource d'élargir ou de retrécir à volonté les lumières, où la couleur brillante, mais fausse, fut calculée pour fasciner les yeux et voiler par des mensonges agréables l'absence de la vérité. Ainsi l'on peut dire que Piètre de Cortone, quoique doué d'un talent réel, fut l'un des corrupteurs du bon style. Il était aussi architecte, et il porta la même atteinte à l'architecture; on en peut citer pour exemple l'église de Sainte-Martine à Rome, au pied du Capitole, construite sur ses dessins; il la nommait sa *fille chérie.* En mourant, il légua à cette église ses biens, qui montaient, dit-on, à deux cent mille écus romains. Elle appartient à l'académie romaine des Beaux-Arts.

PLANCHE II.

REMBRANDT.

JACOB BÉNIT LES ENFANS DE JOSEPH ; *peint sur toile ; hauteur un mètre quatre-vingts centimètres ou cinq pieds cinq pouces ; largeur deux mètres quinze centimètres huit millimètres ou six pieds six pouces.*

JOSEPH ayant appris que Jacob son père approchait du terme de sa vie, vint le voir, et conduisit avec lui les deux enfans mâles qu'il avait eu en Egypte, Manassé et Ephraïm. Jacob ranimant ses forces à l'approche de son fils, se mit sur son séant : « Que le Dieu, » dit-il, en la présence de qui ont marché mes pères Abraham et » Isaac, le Dieu qui me nourrit depuis ma jeunesse jusqu'à ce jour; » que l'Ange qui m'a délivré de tous maux, bénissent ces enfans ; » qu'ils portent mon nom et les noms de mes pères Abraham et » Isaac, et qu'ils se multiplient de plus en plus sur la terre ».

Cette scène intéressante est décrite avec une simplicité touchante dans le quarante-huitième chapitre de la Genèse. Rembrandt l'a rendue dans le beau tableau qui fait le sujet de cet article, avec une expression si vraie et si naïve, que cette seule production suffirait pour lui assurer une place distinguée parmi les plus grands peintres. Il a choisi le moment où Joseph s'apercevant que son père, dont les yeux affaiblis par sa grande vieillesse ne lui permettaient plus de distinguer les objets, posait sa main droite sur la tête d'Ephraïm, tâche de la soulever pour la mettre sur la tête de Manassé : « Vos mains » ne sont pas bien mon père, lui dit-il, avec un sentiment de » peine, car celui-ci est l'aîné : mettez votre main droite sur sa » tête..... »

Avec quelle attention respectueuse Joseph soutient le vieillard vénérable et cherche à diriger sa main sur la tête de Manassé ! Avec quel recueillement ce jeune enfant attend la bénédiction de son ayeul, tandis que le jeune Ephraïm paraît énorgueilli de la préférence qu'il vient d'obtenir sur son aîné ! Asaneth, épouse de Joseph, semble livrée à une profonde méditation. Que son abattement exprime bien la tristesse à laquelle son ame s'abandonne ! Cette figure arrête le spectateur, elle ajoute encore à la douce mélancolie que cette scène patriarchale lui inspire. L'écriture sainte ne dit point que l'épouse de Joseph fut présente à la bénédiction de ses enfans ; le personnage d'Asaneth est donc ici entièrement de l'invention de Rembrandt. Il a su la placer de manière à ce qu'elle servît en même-tems à l'intérêt de la scène et à l'expression du sujet.

Ce beau tableau, l'un des plus précieux objets d'arts, nobles fruits de la victoire recueillis pendant les campagnes de 1806 et de 1807, porte le nom de Rembrandt et la date de 1656. Quoique peu terminé il n'en est pas moins admirable ; l'harmonie qui règne dans toutes ses parties permet à l'imagination d'y trouver suffisamment arrêtées les formes que le peintre s'est contenté d'indiquer, et l'on est convaincu, en le considérant, que si Rembrandt est l'un des premiers peintres coloristes, il est également profond dans l'expression des affections de l'ame. L'on peut même ajouter que les erreurs de costume dont il dédaignait les recherches, y paraissent plus supportables que dans les autres productions où il a tenté de s'élever à la hauteur de la peinture historique. Enfin, c'est un de ces ouvrages dont on ne peut perdre le souvenir, par le plaisir que fait éprouver la douce émotion qu'il fait naître quand on le voit pour la première fois, et par le désir de le revoir que l'on conserve constamment.

G. METZU.

Dessiné par Plonski.   Gravé par Le Villain.

FEMME HOLLANDAISE.

Dessiné par Le Comte.   Gravé par Devilliers péᵉ.

LE BOCAGE.

PLANCHE III.

METZU (GABRIEL).

UNE FEMME HOLLANDAISE ; *peint sur bois ; hauteur vingt-huit centimètres huit millimètres ou dix pouces six lignes ; largeur vingt-cinq centimètres sept millimètres ou neuf pouces huit lignes.*

ASSISE en face du spectateur, cette femme tient d'une main un verre à patte, et de l'autre un pot de bière ; la table sur laquelle elle est appuyée est couverte d'un tapis jeté négligemment, elle est également chargée d'un flacon plein de liqueur et d'une pipe, dont les femmes hollandaises font usage comme les hommes. Dans le fond on distingue des meubles et une portion de cheminée, dont la tablette supportée par une figure nue, qui tient lieu de cariatide, est décorée de différens vases.

Cette composition est insignifiante et ne peut attacher. Disons plus, elle semble offrir seulement une fraction de tableau. Comment d'ailleurs s'intéresser à cette hollandaise dont les traits n'ont rien de fort attrayant, dont l'expression à-peu-près nulle n'inspire aucun désir de connaître quel est l'objet qui la fait réfléchir ou qui captive ses regards ? C'est donc par le prestige d'une couleur séduisante, par l'entente profonde du clair-obscur, par le faire précieux et spirituel, que ce tableau peut commander l'attention. Telle est la puissance de cette partie enchanteresse de l'art, qu'il suffit de la posséder à un degré éminent pour vivement intéresser, et pour obtenir l'honneur de voir ses ouvrages placés avec distinction dans les collections les plus fameuses.

PLANCHE IV.

DU JARDIN (CARLE).

UN PAYSAGE ; *peint sur bois ; hauteur cinquante-un centimètres huit millimètres ou un pied sept pouces ; largeur quarante-un centimètres huit millimètres ou un pied trois pouces sept lignes.*

CE paysage est connu sous ce titre : *le Boccage.*

Une prairie, bordée d'arbres et de rochers, est arrosée par un ruisseau dont les eaux viennent ensuite se précipiter dans un lit plus profond. Un âne, deux vaches, un agneau et deux brebis s'y reposent Le soleil a déjà parcouru la plus grande partie de sa carrière ; les ombres se prolongent; les rayons qui dorent le ciel, la teinte des arbres et des rochers annoncent que bientôt le frais va succéder à la chaleur, et que ces bestiaux couchés attendent avec tranquilité le moment de regagner l'étable et la bergerie.

Qu'il me soit permis de remarquer cependant que la pose de ces animaux est en contradiction avec l'heure indiquée; en général, les vaches et les brebis ne se couchent dans les pâturages que pendant les heures où le soleil est le plus élevé; c'est alors que les uns se livrent au repos, que les autres ruminent. Vers la fin du jour l'on n'en voit aucuns de couchés, ils paissent ou attendent debout que le pâtre les reconduise au village. Avec un peu plus de connaissances agricoles et d'étude de la nature, cet habile peintre n'eût pas commis ce léger anachronisme, qui ne peut échapper à ceux qui ont observé les mœurs des animaux et ont quelque idée de la vie rustique.

La composition de ce tableau a trop de simplicité peut-être, mais elle offre une nature agreste qu'on aime à rencontrer. La tranquilité du site, celle des animaux, la pureté de la lumière répandent sur la scène un calme séduisant, image de celui après lequel presque tous les hommes soupirent, et que peu d'entre eux savent se procurer. Ce tableau est d'une couleur vraie, d'une touche fine et spirituelle, et plaît par la simplicité du site, par la vérité des animaux qui l'enrichissent, par la légèreté du pinceau, enfin, par la justesse des tons.

PLANCHE V.

REMBRANDT.

PORTRAIT D'UN GUERRIER; *peint sur toile; hauteur un mètre seize centimètres ou trois pieds six pouces; largeur quatre-vingt-huit centimètres ou deux pieds dix pouces.*

EST-CE ici le portrait d'un contemporain de Rembrandt ou bien est-ce seulement un tableau de fantaisie? c'est ce que l'on ignore. Le guerrier appuyé sur un tertre peu élevé est vu jusqu'à mi-cuisse; il s'appuie sur le bois d'une lance; tout son corps, à l'exception de la tête et des mains, est couvert d'une armure, et la poignée du glaive qui pend à son côté est terminée par une tête de lion.

Ce tableau provient de la collection des objets d'arts recueillis

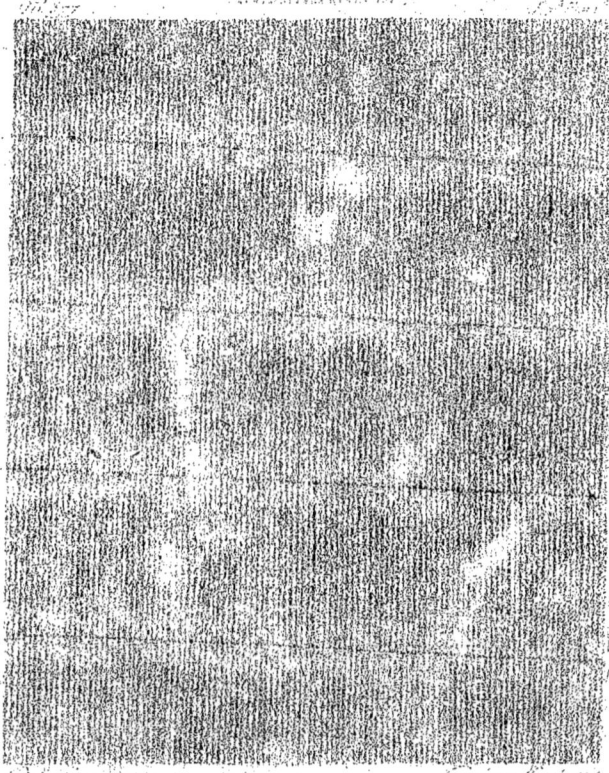

REMBRANDT.

Dessiné par Plonski.

Gravé par Oortman.

PORTRAIT D'UN GUERRIER.

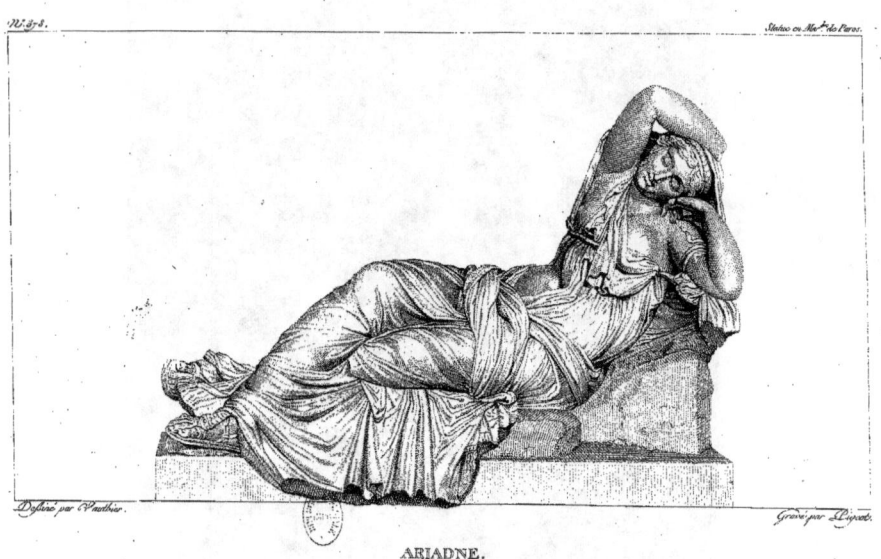

Dessiné par Vauthier.   Gravé par Lapate.

ARIADNE.

pendant les campagnes de 1806 et 1807 ; il est peint avec cette vigueur ordinaire à Rembrandt, il porte son nom et la date de 1656 ; Rembrandt avait alors quarante-neuf ans et jouissait de la plénitude de son magique talent. Au style de l'armure, à l'attitude du guerrier, l'on peut présumer qu'il voulut ici se montrer l'émule des peintres Vénitiens.

Ce tableau prouve du moins qu'avec un dessin moins résolu que celui des artistes Italiens de la grande époque, Rembrandt ne leur cède en rien pour la force, la vérité de la couleur et l'entente du clair-obscur.

PLANCHE VI.

ARIADNE. — STATUE.

IL existe deux statues semblables à celle-ci, l'une a appartenu à Christine, reine de Suède, puis à Don Livio Odescalchi ; quelques années après, elle a été transportée en Espagne avec les autres statues de la même galerie, que Philippe V avait acheté de l'héritier de Don Livio. La seconde a long-tems orné les jardins de la Villa Médicis, à Rome ; on la voit aujourd'hui à Florence. Celle dont nous offrons la gravure était conservée au Vatican ; elle est en marbre de Paros. Toutes trois sont collossales, toutes trois ont été prises pour la représentation de Cléopatre, cette reine fameuse et par ses amours et par le genre de mort qu'elle choisit, pour éviter la honte d'embellir par sa présence la pompe du triomphe d'Auguste.

L'opinion que cette statue représentait la reine d'Egypte a été assez générale jusqu'au milieu du siècle dernier. Les poètes la célébrèrent, et l'on a conservé les vers latins et italiens que Baldassare da Castiglione, Bernardino Baldi et Agostino Favoriti avaient faits, et qui ont été gravés sur les pilastres de l'arc sous laquelle elle était conservée. Mais à cette époque de nouveaux examens amenèrent de nouvelles opinions ; l'aspic prétendu qu'on appercevait à la partie supérieure du bras gauche n'a plus paru qu'un brasselet, et les antiquaires ne pouvant reconnaître la reine d'Egypte privée de la robe royale et magnifique dont elle était vêtue quand elle se donna la mort, ni le lit précieux d'or sur lequel, au rapport de Plutarque, elle se coucha pour expirer, supposèrent que la Cléopatre n'était rien autre qu'une nymphe endormie, ou peut-être Vénus s'abandonnant au sommeil. Winckelman a flotté entre ces deux opinions sans marquer de préférence pour aucune d'elles ; il est probable qu'elles lui parurent peu soutenables. Nul attribut n'indique ici une nayade ou la déesse de la beauté. Depuis , *Carlo Fea* a présumé , sans doute au désordre des draperies , que cette belle endormie était Semelé ; mais à quelle marque distinctive peut-on reconnaître dans cette statue l'amante infortunée de Jupiter.

Enfin , le docte Visconti a pensé que cette statue réprésentait Ariadne couchée sur les rochers de Naxos où le perfide Thésée venait de l'abandonner. Elle est , selon ce savant , représentée endormie , telle qu'elle était au moment où Bacchus en devint amoureux. Il observe encore que sa tunique à demi-détachée , que son voile négligemment jetté sur sa tête , que le désordre de la draperie dont elle est enveloppée décèlent les angoisses qui ont précédé cet instant de calme , que le brasselet placé à la partie supérieure du bras gauche , dont la forme a celle d'un petit serpent que les anciens appelaient *ophis* , a été pris faussement pour un aspic , et donné lieu de confondre Ariadne avec Cléopatre se donnant la mort par la piqûre de ce reptile.

Cette explication est sans doute ingénieuse et satisfaisante ; mais sera-t-elle toujours adoptée ? Le présumer serait prétendre à une fixité bien rare dans les opinions des hommes. Un artiste versé dans l'étude de l'antiquité et correspondant de l'Institut impérial , paraît attendre quelqu'occasion favorable , pour soumettre à M. Visconti , dont il respecte les connaissances profondes , les doutes qu'il a conçu contre les probabilités de son opinion. Il pense que cette statue représente Rhéa Silvia , la mère de Romulus et de Remus , encore en proie à un sommeil trompeur qui lui a laissé ignorer la visite de Mars. Sa conjecture est fondée sur le désordre des draperies , que l'on peut attribuer au Dieu qui vient de la rendre mère , mais plus encore à la conformité de l'attitude de cette statue avec celle de l'empreinte d'une médaille qu'il possédait et qui représentait la fille de Numitor. Nous ignorons si elle est encore entre ses mains. Quoiqu'il en soit , nous laisserons à ce savant le soin de développer son opinion quand il le jugera convenable , et de l'appuyer de toutes les autorités qu'il aura sans doute eu soin de recueillir pour en prouver la solidité.

Des.º par Bourdon. Grã.º à l'eau-forte par Quéverdo. Termé. par Niquet.

RÉSURECTION DU DOCTEUR.

EXAMEN
DES PLANCHES.

PLANCHE PREMIÈRE.

LE SUEUR (EUSTACHE).

RÉSURRECTION DE RAIMOND DIOCRES, *peint sur bois, transporté sur toile ; hauteur deux mètres ou six pieds ; largeur un mètre trente-trois centimètres ou quatre pieds.*

En parlant de la belle suite de tableaux que Le Sueur exécuta pour le cloître des Chartreux, les amateurs éclairés ont souvent dit, et disent encore tous les jours, que c'est un *beau poëme*. Si cette expression peut s'appliquer aux productions de la peinture, c'est assurément dans cette circonstance. En effet, toutes les qualités que l'on exige dans un poëme, se trouvent réunies dans cette suite. L'action y marche bien ; les évènemens y sont parfaitement enchaînés ; le sombre, le pathétique, le terrible, y sont tour-à-tour employés avec beaucoup d'art ; et quoique chacun des tableaux de cette suite ne soit, à vrai dire, par une nécessité absolue que l'art de la peinture ne peut vaincre, par la nature même de sa manière de procéder, ne soit, dis-je, que la représentation d'une épisode de la vie de Saint Bruno, cependant toutes ces épisodes se rattachent si bien les unes aux autres, que chacune d'elles paraît indispensable à la marche et à la clarté de l'intrigue du poëme, si je puis me servir ici de cette expression ; qu'en suivant l'ordre de ces tableaux chacun semble une conséquence de celui qui le précède, et qu'il n'en est aucun que l'on pût retrancher, sans couper, pour ainsi dire, le fil de l'action générale.

J'ai dit que le peintre avait employé les différens genres dont un poète habile use pour émouvoir; ainsi, le tableau que nous allons décrire tient au genre terrible. Quoi de plus capable en effet de porter la terreur dans l'ame des spectateurs que les funérailles d'un homme, d'un prêtre fameux dans son tems, par sa science et par le masque des vertus dont il sut couvrir ses vices, tout-à-coup interrompues par sa résurrection momentanée; que l'aspect d'un mort qui se lève subitement hors de son cercueil, comme forcé par une puissance surnaturelle de répondre à l'interrogatoire que l'église semb'e lui faire dans un passage de l'office des morts.

Le Sueur a tiré ce sujet d'une ancienne tradition, long-tems regardée comme authentique, et qui, dit-on, fut même insérée dans les leçons du Brevière romain pour l'office de Saint Bruno. Les hommes instruits dans ces sortes de matières, prétendent que la relation de ce miracle fut retranchée de cet office, lorsqu'il fut revu et réformé sous le pontificat d'Urbain VIII; et les compilateurs des légendes affirment que lorsque la sacrée congrégation fut consultée sur le motif de cette suppression, elle répondit qu'elle avait eu lieu, non pas que cette histoire fût fabuleuse, mais par d'autres raisons.

L'examen et la discussion de ces objets étant totalement étrangers à notre ouvrage, nous nous contenterons de rapporter simplement ici le fait, pour l'intelligence du tableau dont il s'agit dans cet article.

Raimond Diocres, théologien profond et orateur éloquent, attirait, par sa haute réputation, un auditoire nombreux à ses sermons. Saint Bruno était un de ses auditeurs les plus assidus, et ce fut en assistant à ses prédications qu'il se confirma de plus en plus dans le désir de se consacrer tout entier à l'exercice des vertus chrétiennes. Cependant Raimond Diocres, n'avait que l'apparence de celles qu'il prêchait, et Dieu voulut mettre au grand jour toute l'hypocrisie de cet homme, et prouver que par ce vice odieux l'on se rend indigne de sa miséricorde. Diocres mourut, et son corps fut porté à l'église, où l'on célébra les vigiles des morts. A l'instant de l'absoute, lorsque l'officiant prononça ces mots, *responde mihi*, etc., le mort leva la tête et s'écria : *Justo dei judicio, etc. ; je suis accusé par un juste jugement de Dieu.*

Un évènement aussi merveilleux détermina à différer jusqu'au lendemain les obsèques de Diocres; mais ce jour-là, lorsque le prêtre prononça le même passage, le mort s'écria d'une voix plus forte encore que la veille : *Je suis jugé par un juste jugement de Dieu.*

L'épouvante générale fut cause que les cérémonies des funérailles furent encore remises au troisième jour. Le bruit de ce miracle avait attiré une foule immense dans l'église, et pour la troisième fois le mort prononça d'une voix terrible : *Je suis condamné par un juste jugement de Dieu.*

C'est cette dernière circonstance des obsèques que Le Sueur a représentée, et pour l'indiquer, il a attaché au poêle mortuaire, sur lequel Diocrès est couché, trois écriteaux où les différentes réponses des trois jours sont inscrites.

On retrouve dans ce beau tableau ce grand talent de composition que Le Sueur possédait dans un degré si supérieur. Malgré la multitude des personnages, il n'en est aucun qui se nuise ; et ce qui mérite sur-tout d'être admiré, c'est la variété d'expression qu'il a donnée à tant de figures, quand toutes cependant ne sont animées que d'un même sentiment, l'épouvante. Les trois personnages qui d'abord appellent l'œil du spectateur, sont : le Mort, l'Officiant et Saint Bruno. Certes c'était une grande difficulté à vaincre que de pouvoir allier tout-à-la-fois dans une même figure, et la froide immobilité d'un corps qui, depuis quatre jours, est glacé par la mort, et le mouvement qu'un pouvoir surnaturel lui imprime pour qu'il se fasse entendre encore lorsqu'il est privé pour jamais de l'usage de toutes les facultés. Le peintre a triomphé de ce grand obstacle. La riche chape dont l'Officiant est revêtu, sa tête vénérable, le mélange de gravité et de surprise que l'on aperçoit sur sa figure vue de profil, ses deux bras élevés à moitié, ses mains, dont les doigts sont ouverts, ce qui peint si bien l'étonnement dont il est frappé, tout est plein de dignité et de vérité. L'expression de Saint Bruno, que l'on voit à côté de l'Officiant, n'est pas moins bien sentie ; ses mains jointes expriment bien sa vénération pour la puissance du Dieu qui rend la parole aux morts. Les traits de son visage décèlent à merveille la pitié que lui fait éprouver le sort terrible de Diocrès, le saint effroi que lui cause un semblable spectacle, et la résolution qu'il forme de se séparer du monde.

Ce tableau est exposé dans la galerie du Sénat conservateur avec ceux qui composent la suite, long-tems connue sous le nom de Cloître des Chartreux. Nos lecteurs doivent se rappeler que nous en avons déjà publiés plusieurs.

PLANCHE II.

MARATTE (Carlo Maratta), né en 1625, mort en 1713, élève
D'André SACCHI; École romaine.

LE MARIAGE DE SAINTE CATHERINE D'ALEXANDRIE; *peint
sur toile ; hauteur quarante-quatre centimètres ou un pied quatre
pouces ; largeur trente-neuf centimètres ou un pied deux pouces.*

LES Vierges furent long-tems les seuls sujets que traita Carlo
Maratte. Ses ennemis en prenaient occasion de ravaller son génie, qui,
selon eux, ne pouvait s'élever à des sujets plus importans, et ils lui
donnaient par dérision le nom de *Carluccio delle Madone.* Ce n'était
pas cependant qu'il ne pût embrasser des sujets et exécuter des tableaux
plus considérables, et il le prouva dans la suite; mais alors Le Bernin,
dont il n'était pas aimé, disposait à Rome de tous les ouvrages d'arts,
et Carlo Maratte fut nombre d'années sans être employé par lui.

La vie de Sainte Catherine d'Alexandrie a été écrite par Pierre de
Natalibus, évêque de Jasolo. Pour entendre le titre de Mariage de
Sainte Catherine que l'on a donné au tableau que nous présentons ici,
il faut savoir que cette vierge et martyre, suivant la version du Légen-
daire que nous venons de citer, eut avant son baptême une vision
mystérieuse. La Sainte Vierge tenant l'Enfant Jésus lui apparut, en
priant son fils de choisir Catherine pour une de ses plus fidelles
servantes, et de la mettre au rang de ses plus chères épouses; l'Enfant
Jésus repoussa la proposition avec horreur, en alléguant qu'elle n'avait
point encore été régénérée par les eaux du baptême. Catherine à son
réveil se fit baptiser, et eut bientôt une seconde vision. Jésus-Christ
lui apparut, et en présence de la Sainte Vierge, l'admit non-seulement
parmi ses servantes, mais encore au nombre de ses épouses. Quand
elle se réveilla, elle trouva à l'un de ses doigts un anneau mystérieux.
Tel est le récit que nous empruntons de l'historien de Sainte Catherine
d'Alexandrie.

Le peintre qui paraît avoir puisé dans cette source le sujet de son
tableau, a représenté cette Vierge aux genoux de la mère de Dieu,
qui tient sur ses genoux l'Enfant Jésus; elle avance vers lui sa main
droite, et l'Enfant se dispose à lui mettre au doigt l'anneau nuptial.
Des anges, des chérubins, des trônes, assistent à cette cérémonie qui
se passe sur des nuages. Aux pieds de la Sainte on aperçoit la palme

Des.ª par S. de Roy.   Gravé par Daguez.

MARIAGE DE S.ᵀᴱ CATHERINE.

Dessiné par Plonski.   Gravé par Oortman.

UN MARCHÉ AU POISSON,

du martyre, et un fragment de la roue armée de dents de fer, que l'Empereur Maximien Valère avait inventée, dit-on, pour le suplice des chrétiens, et qui se brisa lorsque l'on voulut en faire usage pour Sainte Catherine. Le peintre a coiffé cette sainte d'un diadème pour indiquer qu'elle était d'extraction royale.

Tel est ce tableau, qui ne paraît pas être du tems où Carlo Maratte était réduit par les préventions du Bernin à ne peindre que de semblables sujets. Il est évidemment de sa vieillesse. Le dessin est mou, les draperies sont lourdes et mal agencées, les têtes ont peu d'expression; il y a cependant une sorte de grace dans la pose de la Sainte Catherine; quant à la couleur, elle est assez harmonieuse, et quoiqu'elle participe déjà de ce ton gris qui fut le défaut de sa vieillesse, elle a encore quelque chose de ce ton argentin que l'on admire dans les ouvrages de son bon tems.

PLANCHE III.

OSTADE (ADRIEN VAN).

LE MARCHÉ AU POISSON; *peint sur bois ; hauteur quarante-un centimètres ou un pied deux pouces neuf lignes ; largeur trente-neuf cent. cinq millimètres ou un pied un pouce.*

CE tableau représente une halle couverte, consacrée à la vente du poisson, et cette scène familière se passe sans doute dans quelque ville de Hollande, ainsi que le costume des personnages qui y figurent le fait présumer. Un nombre assez considérable de pêcheurs, qui paraissent en général dans la force de la jeunesse et que l'on voit dans le fond, y apportent le poisson de mer qu'ils ont pêché; des femmes et des hommes d'un âge plus avancé le reçoivent, et quelques-uns s'occupent déjà de sa vente. Sur le devant, un de ces marchands est assis devant une table grossière; il y arrange ou étale des limandes, des carlets et des merlans, et se dispose à les nétoyer, ce qu'annonce le couteau que l'on voit sur la table et qu'il vient de tirer de la gaine attachée à sa ceinture. Sa pose, son regard, sa bouche entr'ouverte, l'expression de sa figure enfin, indiquent qu'il parle ou répond à quelqu'un que l'on n'aperçoit pas, et qui, sans doute, marchande ce poisson; non loin de lui, une femme avec une hotte sur le dos, s'approche pour acheter ce qu'elle se propose d'aller revendre dans les rues; sur un plan plus reculé, une vieille cuisinière paye à une marchande, remarquable par son lourd embompoint, le poisson dont elle vient de faire sa provision.

Ce charmant tableau est d'une telle vérité, qu'il est présumable qu'Ostade a copié cette scène d'après nature; l'effet en est piquant, et la lumière vive du soleil qui porte sur les personnages qui sont dans le fond du tableau, ne détruit point la vigueur des premiers plans. Rien de mieux peint ni de plus vrai que les poissons qui sont exposés sur cette table; on pourrait les confronter avec les véritables individus, ils feraient encore illusion.

Il n'y a que peu d'années que ce tableau est entré dans la Galerie. Il parut dans une vente que firent, à Paris, MM. Paillet et Coclers, et l'ancienne administration du Musée en fit l'acquisition pour le Gouvernement, pour la somme de 4000 francs.

PLANCHE III.

PATEL (BERNARD).

PAYSAGE; *peint sur toile; hauteur soixante-quatorze centimètres six millimètres ou deux pieds trois pouces; largeur un mètre quarante-neuf centimètres ou quatre pieds six pouces.*

Nos lecteurs daigneront se rappeler que dans la trente-sixième livraison de cet ouvrage nous avons publié un tableau de ce peintre. Celui que nous leur présentons aujourd'hui quoique plus important, réunit à-la-fois et les mêmes qualités et les mêmes défauts que nous avons remarqués dans l'autre, et qu'en conséquence nous ne répéterons pas. Il nous suffira donc de dire qu'il est difficile de composer avec plus d'intelligence et de peindre avec plus de facilité et de fermeté, mais que jamais la nature n'offrit ce ton âcre et bleuâtre qui domine dans les productions de cet artiste.

Ce paysage est vaste, son horison est immense; l'œil se plaît à parcourir son étendue et remonte avec plaisir le cours de ce fleuve que l'on aperçoit dans le lointain venir en serpentant, et tomber sur le devant avec une sorte de majesté paisible dans un bassin où il reprend bientôt sa course lente et tranquille. L'imagination de l'artiste a enrichi ce beau site des ruines d'un palais, dont la grandeur et la magnificence se reconnaissent encore à l'élévation des colonnes, à la richesse des frises, à la hardiesse des arcs et des voûtes, à l'élégance des caissons qui le décorent. Le tems, l'effort des eaux et l'incurie des hommes ont détruit la chaussée qui conduisait aux larges degrés du péristille; on la reconnaît aux dalles rompues ou disjointes qui la

Dessiné par Garneret.   Gravé à l'Eau-forte par De la Porte.   Terminé par Bernard.

PAYSAGE.

FLINCK.

Dessiné par Plonski. Gravé par Dague.

LA BERGÈRE.

pavaient jadis, et à travers lesquelles le fleuve s'est fait jour; à peine si leurs débris permettent au voyageur téméraire de les franchir, quand il veut examiner de plus près les vestiges de ce palais; c'est cependant ce que vient de faire le personnage qui monte les degrés de la plate-forme, et ce que vont tenter les deux autres que l'on voit sur la rive opposée du fleuve; un assez grand nombre d'autres curieux les a déjà devancés, et ceux-ci s'occupent à admirer les bas-reliefs qui décorent les sou-bassemens. Les proportions que le peintre a données à ces figures servent à faire juger de l'élévation du palais. Des bestiaux, les uns couchés, les autres errans dans la prairie, animent le premier plan, que le peintre a ombragé de quelques arbres.

Revêtez cette composition de la chaude et brillante couleur de Claude Lorrain, et de ce sentiment profond que possédait le Poussin, alors cet ouvrage sera un chef-d'œuvre de poésie et de vérité : sous les pin-ceaux de Patel, ce n'est plus qu'un rêve de l'imagination où l'on cherche en vain la nature, c'est un tableau qui reçoit de la gravure plus de mérite qu'il n'en possède en effet, et qui est plus amusant à décrire qu'il n'est utile à l'étude.

Ce tableau sort de l'hôtel Lambert où l'on sait que cet artiste exécuta beaucoup d'autres ouvrages.

PLANCHE V.

FLINCK GOVAERT, né à Clèves en 1616; mort à Amsterdam en 1660; élève de REMBRANDT.

LA JEUNE BERGÈRE; *peint sur toile; hauteur soixante-douze centimètres ou deux pieds deux pouces; largeur cinquante-quatre centimètres ou un pied huit pouces.*

LES productions de cet habile élève de Rembrandt étaient à peine connues en France il y a trente ans, et même il y en fut apporté plu-sieurs depuis que l'on attribua à son célèbre maître. Une semblable mé-prise était sans doute honorable pour lui, mais elle n'était pas moins une injustice pour sa mémoire; c'est ainsi que le tems se plaît quelque fois à soulever lentement le voile qui cache la vérité, et que la haute renommée d'un chef d'école, enveloppant de nuages celle de ses plus dignes élèves, les prive souvent pendant long-tems de la gloire qu'ils ont mérité en mettant à profit ses leçons.

Il est évident que c'est ici un portrait que Flinck fut chargé de faire, et dont le nom du modèle est inconnu; l'âge très-tendre encore de la personne qu'il avait à peindre, lui inspira sans doute l'idée de la couronner de fleurs; la houlette qu'il lui a mise entre les mains a motivé selon toute apparence le titre que l'on donne à ce tableau, quoique cette houlette soit le seul attribut des bergères que cette jeune fille ait sur elle, et que son costume soit totalement étranger à celui que l'on prête communément à ces sortes de personnages romanesques.

Il serait difficile d'expliquer la manière dont ce portrait est éclairé; la lumière vient de la partie inférieure du tableau, et ne peut être que le résultat d'un reflet du soleil. Mais pourquoi chercher à soumettre aux calculs de la raison et aux règles généralement reçues, la magie des coloristes de cette brillante École hollandaise. Ne sait-on pas que tout ce qui pouvait produire un effet piquant et harmonieux était de leur domaine; ils ressemblent, en cela, aux poètes dramatiques qui présentent quelque fois des scènes pleines d'intérêt sans trop s'inquiéter de la vraisemblance. Jouissons du plaisir que les uns et les autres font éprouver, et sans nous livrer à une critique que les règles de l'art exigeraient peut-être, cédons aux douces illusions que ces aimables imposteurs nous inspirent, sans nous appesantir sur l'examen de certains moyens extraordinaires et souvent même inusités, que le génie fait excuser et que lui seul peut oser.

PLANCHE VI.

AMOUR ET PSYCHÉ, groupe.

LES anciens ont souvent employé cette allégorie pour représenter l'union de l'ame et du corps. Il est présumable que telle fut encore l'intention du sculpteur à qui l'on doit ce groupe. Il est de marbre de Paros, et appartint au cardinal Alexandre Albani. Il passa au Musée du Capitole, sous le pape Clément XII.

Dessiné et Gravé par Desvillers l'aîné.

LE TEMS FAIT TRIOMPHER LA VÉRITÉ.

EXAMEN

DES PLANCHES.

PLANCHE PREMIÈRE.

POUSSIN (Nicolas).

LE TEMS FAIT TRIOMPHER LA VÉRITÉ; *peint sur toile, forme ronde; diamètre deux mètres quatre-vingt-dix centimètres quatre millim. ou huit pieds neuf pouces.*

Plus d'une fois, dans cet ouvrage, nous avons dit franchement notre pensée sur le genre de l'*allégorie*. Nous persistons à croire qu'il n'en est point de moins favorable à la peinture. Un tableau n'appelle l'attention que par l'expression : et quelle expression donner à des personnages chimériques dont la nature, purement idéale, ne nous rappelle aucunes des passions qui nous agitent, et ne nous inspirent aucune réflexion capable de nous faire replier sur nous-même? Un tableau n'attache que par le sentiment : et quelle impression peuvent faire sur l'ame et sur le cœur des êtres purement métaphysiques, enfans de l'imagination, dont les analogues ne se rencontrent nulle part, et dont la représentation parle si peu à l'intelligence du spectateur, qu'il faut la plupart du tems surcharger d'attributs ces sortes de figures, pour parvenir à lui indi-quer seulement leur nom, qu'avec ce secours même il ne devine pas toujours? Un tableau ne charme que par la clarté du sujet : et comment comprendre une scène dont les acteurs n'existèrent jamais; une scène dont l'action dépend de la fantaisie de celui qui l'invente, et que l'on contemple avec des yeux stupides, parce qu'aucune idée préliminaire n'aidant à l'expliquer, elle demeure sans pouvoir sur les souvenirs. Un des grands vices de ce genre, c'est d'être froid ; mais le vice que l'on ne pardonne jamais, quelque soit le genre, c'est l'obscurité. Ce vice est presque toujours celui de l'allégorie. Comment l'excuser quand le cœur, que l'allégorie laisse constamment glacé, ne dédommage jamais l'esprit de la fatigue qu'elle lui fait éprouver. L'allégorie est dans la peinture ce que l'énigme est dans la poésie. L'amour-propre s'unit par fois au désœuvrement pour en chercher le mot ; est-il trouvé ? la raison regrette le tems que cette puérile recherche a fait perdre à l'esprit.

Si le peintre le plus réfléchi, si Le Poussin, doué d'un si beau génie, profondément versé dans l'étude de l'antique Mythologie, non moins célèbre par la sublimité des pensées, par l'enchaînement et la clarté des idées, par la justesse et la vérité de l'expression, que par le grand talent de l'exécution, n'est point arrivé à composer une allégorie dont le sens se présente rapidement à l'esprit, et dont l'explication se trouve uniforme pour tous ceux qui l'entreprendront ; qui donc y parviendra jamais ? Le tableau que nous publions est la preuve de ce que nous avançons. Sans reproduire les diverses interprétations que des auteurs plus anciens ont donné de cette allégorie, nous citerons simplement ici celles que depuis peu d'années elle a reçu de trois hommes de mérite.

Le Tems fait triompher la Vérité ; tel est le titre que donne à ce tableau l'auteur de la Notice du Musée. Il dit que : « Reléguée par les « hommes sur le sommet d'un roc inhabité, la Vérité, fille du Tems, « y languissait, en butte aux poignards de la Calomnie et aux serpens « de l'Envie ; mais le Tems la découvre enfin, l'arrache à ses cruelles « ennemies, et la porte en triomphe au séjour de l'éternité. »

M. Gaut de Saint-Germain, auteur d'un ouvrage intitulé : *Vie de Nicolas Poussin*, en citant ce même tableau, s'exprime ainsi : « L'artiste « a représenté la Vérité abandonnée du genre humain, reléguée sur « une roche aride, livrée aux traits envenimés de l'Envie et de la Dis- « corde. Le Tems la découvre, l'arrache de ce lieu épouvantable, et « la porte en triomphe au séjour de l'éternité. L'Envie, les yeux égarés « et le teint livide, n'en peut supporter les regards ; et, détournant sa « tête hideuse, elle secoue dans sa rage les serpens qui la rongent sans « cesse, tandis que la Discorde, qui grince des dents, fixe à regret la

» Vérité qui échappe à ses poignards et à la flamme de sa torche
» agitée. Un génie, dans les airs, tient d'une main un serpent qui se
» mord la queue, et de l'autre une faucille, emblêmes du Tems qui
» moissonne tous les âges, et décrit un cercle perpétuel dans l'espace. »

Si ces deux explications se rapprochent quant au sujet principal,
on voit qu'elles diffèrent sur les personnages accessoires. L'un a vu la
Discorde où l'autre a vu la Calomnie; l'un a passé sous silence le Génie;
l'autre lui fait tenir un serpent qui se mord la queue, comme un
attribut du Tems, tandis que c'est celui de l'Éternité. L'antiquité l'a
quelquefois, mais rarement, employé de la sorte. Un simple cercle, ou
bien le zodiaque, est l'attribut que l'on a le plus fréquemment donné
au Tems.

L'auteur du Manuel français s'est écarté bien davantage de leur
opinion sur cette figure de la Calomnie ou de la Discorde. Il y voit
la figure de l'Histoire armée de son poignard et tenant son flambeau.
Cette explication me paraît difficile à soutenir, et il me semble que si
elle était adoptée, elle jeterait encore plus d'obscurité sur cette allégorie, et ferait tort au Poussin. Cette figure n'a rien de la noble
gravité que l'on prête à la muse de l'Histoire. Je ne lui vois ni les ailes,
ni la tunique blanche, ni le livre, ni le poinçon qui la distinguent partout ailleurs; et certes, il serait difficile encore d'expliquer par quel
caprice le Tems se plairait à éloigner la Vérité de l'Histoire, tandis
qu'elles doivent être inséparables.

Il résulte de ces divergences d'opinions, que même Le Poussin n'a
pu donner à l'allégorie toute la clarté qui lui est nécessaire; et certes,
c'est un grand préjugé contre ce genre : d'ailleurs, de combien d'autres
interprétations ce tableau ne serait-il pas susceptible; comment prouver
qu'il s'agit ici de la Vérité, quand on ne lui voit aucun des emblêmes
qui la caractérisent. Où sont le miroir, le soleil, le globe, et tant d'autres
attributs que les poètes, les peintres, les graveurs lui donnent? Ne re-
connaîtrait-on pas également dans cette allégorie la Vertu, l'Innocence,
la Paix, etc. ?

Quoiqu'il en soit, ce fut en 1641 que Le Poussin exécuta ce tableau
pour le cardinal de Richelieu. Depuis, il fut placé comme plafond dans
une salle du Louvre, qui servit long-tems aux assemblées de l'académie
de peinture. Vers le milieu du siècle dernier, ce tableau ayant besoin
d'être restauré, fut retiré de cette salle, et fut remplacé par un plafond

peint par le peintre Chale, que sa médiocrité a condamné à un éternel oubli, et qu'il ne faut pas confondre avec celui du même nom qui existe aujourd'hui.

PLANCHE II.

TERBURG (Gérard).

LA MUSICIENNE; *peint sur bois ; hauteur cinquante-six centimètres sept millimètres ou un pied huit pouces ; largeur quarante-quatre cent. neuf millimètres ou seize pouces.*

UNE jeune femme, en déshabillé de satin blanc garni d'une fourure, est assise devant une table recouverte d'un tapis. On voit sur cette table un pupitre, des livres de musique; les uns ouverts, d'autres fermés, et une boîte ronde dans laquelle sont renfermées des cordes d'instrumens.

Cette jeune dame, coiffée plutôt à la mode allemande qu'à la mode hollandaise, le pied gauche appuyé sur une chaufferette, les yeux attentivement fixés sur une pièce de musique placée sur le pupitre, chante et s'accompagne d'un cistre. Il est facile de reconnaître qu'elle étudie ce morceau plutôt qu'elle ne l'exécute; et l'application qu'elle paraît mettre à cette étude, prouve qu'elle répète quelque passage dont elle veut vaincre la difficulté. La simplicité de l'ameublement du cabinet où le peintre a placé cette dame, contraste avec l'opulence de son vêtement. On sait que la nation hollandaise, malgré sa richesse, accorde peu de chose à la décoration des appartemens.

Nous avons déjà eu occasion de rendre justice au talent que possédait Terburg pour composer un portrait avec grâce. Ce tableau vient encore à l'appui de notre opinion à cet égard. Dans cet ouvrage charmant, ce célèbre artiste a eu l'art d'échapper à l'insignifiance si commune dans les portraits. On ne peut rendre avec plus d'amabilité et de naturel les traits d'une jeune et jolie femme. Le dessin est assez correct, et l'exécution pittoresque est ici portée à un grand degré de supériorité. Il a, suivant son usage, encore employé le satin blanc; il avait une prédilection particulière pour cette étoffe, qu'il représentait avec beaucoup

Deʃſiné par S. le Roy. Gravé par Heuë.

LA MUSICIENNE.

Dess. par Plonski.   Grav. à l'eau-forte par Lerouge.   Terp. c. Messard, p.

LE MEDECIN AUX URINES.

de vérité ; et il est peu de ses ouvrages, comme nous l'avons remarqué ailleurs , où elle ne se retrouve.

Ce joli tableau est une acquisition nouvelle faite par le Musée Napoléon. On le doit aux conquêtes de la grande armée en 1806.

PLANCHE III.

SCALKEN (GODEFROY).

LE MÉDECIN AUX URINES; *peint sur bois ; hauteur quarante centimètres ou quatorze pouces six lignes ; largeur trente-trois centim. trois millimètres ou un pied.*

L'AUTEUR a traité ce sujet d'une manière un peu graveleuse, ce qui rend ce tableau plus digne de figurer dans un cabinet particulier que dans un Musée public.

Scalken a représenté, dans cette composition burlesque, un vieux tuteur jaloux, qui, pour connaître la cause de l'indisposition de sa pupille, a appelé un médecin qui devine les maladies à l'inspection des urines. Ce charlatan examine en conséquence, avec une attention très-comique, le bocal où sont contenues celles que l'on lui présente, et le corps étranger qu'elles enveloppent; tandis qu'un jeune homme, placé par derrière lui, souriant avec malice, indique par un geste peu décent et très-significatif, la cause primitive de la maladie.

Si l'on ferme les yeux sur l'indécence du sujet, et que l'on ne s'attache qu'aux expressions, il faut convenir que toutes sont infiniment plaisantes. La bizarre fureur du jaloux, dont le regard furibond déconcerte la jeune fille honteuse de la science du docteur, la surprise bouffonne du charlatan à l'aspect inattendu du symptôme indiscret, le sourire malicieux de l'espiègle jeune homme présent à cette scène, tout est rendu avec autant de gaieté que de naïveté. Comme exécution, ce tableau est d'un fini précieux; mais il pêche par la couleur : elle est diaphane, et toutes ses parties en sont d'un ton trop uniforme.

Soalken avait été élève de Van Hoogstraten , et ensuite de Gérard Dow; et cependant, on ne retrouve point dans ses ouvrages la manière de l'un ou de l'autre de ces peintres. Il est plus facile de reconnaître qu'il a long-tems étudié Rembrandt, et que quelquefois même il a cherché à

l'imiter. Il avait peu de génie pour l'invention, et s'entendait assez mal
à la disposition des figures. Il chercha à suppléer à ce défaut par un
goût qui lui fut propre, et par une manière d'éclairer ses tableaux,
peu usitée et capable de surprendre. Souvent il appelait sur ses figures
les rayons les plus vifs du soleil, ou la clarté active et pénétrante des
flambeaux. Il poussa très-loin l'imitation de la nature, et en cela, sa
précision était presque minutieuse. Il possédait une extrême facilité
de pinceau, sans qu'elle l'empêchât de finir ses ouvrages avec beaucoup
de soin. Malheureusement, son dessin était peu correct, et il ne se
montrait pas assez scrupuleux sur le choix de ses modèles. Il plut
aux anglais, et fit à Londres, où il mourut à l'âge de soixante-trois ans,
une fortune assez considérable.

Ce tableau sort de la collection du Stathouder.

PLANCHE IV.

WOUWERMANS (Philippe).

LES MARCHANDS DE POISSONS; *peint sur toile; hauteur trente-
trois centimètres trois millimètres ou un pied; largeur quarante cent.
ou quatorze pouces six lignes.*

CE paysage représente une plage que baignent les flots de la mer,
et sur laquelle des pêcheurs viennent de débarquer le poisson qu'ils ont
péché, et que leurs femmes s'apprêtent à recevoir. Dans le fond, la dune
s'élève, et l'on aperçoit une vielle tour à moitié démantelée, et sur laquelle on voit le faîte de la barraque habitée par la vigie; de mauvaises
palissades désunies et pourries par le tems, défendent l'approche de
cette tour, et descendent du sommet de la côte jusqu'à la mer.

Sur le devant, un cavalier a mis pied à terre et contemple un lot
de poisson et le marchande. Une femme à genoux, les deux mains
appuyées par terre, a l'air de réfléchir sur le prix qu'elle y mettra;
tandis qu'une autre femme assise, et un matelot les mains derrière le
dos et debout, semblent estimer ce lot. Un autre matelot, accroupi,
donne à manger à son cheval, sur lequel il a déjà rechargé ses filets.
Des enfans se jouent sur le premier plan; trois autres cavaliers sur des
plans plus reculés, des femmes et des hommes, la hotte sur le dos,

LES MARCHANDS DE POISSONS.

PLACE D'UNE VILLE DE HOLLANDE.

animent ce charmant paysage. La mer est couverte de barques qui viennent d'arriver et de celles qui s'approchent encore. Le tems est brumeux, et l'aube du jour éclaire cette scène.

Il faut avoir habité sur les bords de la mer pour apprécier le mérite de ce charmant tableau. Il est d'une vérité parfaite pour le site et pour l'expression des figures. Il est difficile de mieux rendre la nature. Cette petite scène, malgré son peu d'importance, amuse et attache; et voilà comme le véritable talent sait jeter de l'intérêt sur les choses mêmes qui en paraissent le moins susceptibles.

On doit ce tableau aux conquêtes de 1806, et elles ont ajouté vingt-quatre tableaux de cet habile maître aux productions si précieuses que le Musée possédait déjà de lui.

PLANCHE V.

HEYDEN (JEAN-VANDER).

PLACE D'UNE VILLE DE HOLLANDE; *peint sur bois; hauteur quarante-neuf centimètres trois millimètres ou un pied six pouces; largeur soixante-deux cent. huit millimètres ou un pied onze pouces.*

CET habile paysagiste, dont la patience devait être infatigable, et qui, dans la représentation des édifices, excellait à rendre les moindres accidens, les plus petits détails de la pose des pierres, des refents des briques, des intervalles des tuiles et des ardoises, et leur dégradation perspective, a représenté dans ce tableau une vaste place de l'un de ces grands et opulens villages ou bourgs que l'on rencontre fréquemment dans la Belgique et en Hollande. Sur le devant, on aperçoit une grande maison; une enseigne annonce que c'est une auberge. Contre l'une de ses parois est appuyé un hangard couvert en planches; le fond est enrichi par une grande église. Deux tours surmontées de leurs flèches, terminées par des coqs, accompagnent son portail; de jolies maisons ombragées d'arbres complètent l'élégance de cette composition, où l'œil satisfait se promène avec plaisir.

Les figures sont d'Adrien Van-den-Velde; elles sont spirituelles. Ces deux artistes associèrent souvent leurs talens.

Ce tableau sort du cabinet du Stathouder.

PLANCHE VI.

ANTINOUS — STATUE COLOSSALE.

L'o n ne connaît point de personnages dans l'antiquité dont les statues ayent été plus multipliées que celles de ce jeune Bithynien. Deux choses y contribuèrent; sa rare beauté, et la faveur d'Hadrien. Les statuaires, en le représentant, n'avaient en vue que de profiter d'un modèle rare; et les villes, en commandant ses éfigies aux artistes, n'étaient dirigées que par la flatterie. On cherchait à plaire au prince, qui porta jusqu'à l'excès l'attachement à ce favori, et les regrets que lui causèrent sa mot prématurée. Le délire de cette amitié et de cette flatterie fut poussé si loin, que des cités prirent son nom, et que Hadrien lui fit élever en Egypte un temple magnifique avec cette inscription : *A Antinoüs, Synthrone des dieux d'Egypte.* Cela veut dire, participant au même trône, suivant la manière dont Noël explique ce mot, *Synthrone,* dans son dictionnaire de la Fable.

Le serpent et la corne d'abondance que le statuaire a donnés pour attributs à cette figure, rappellent le culte que l'on rendit à Antinoüs en Egypte. Le serpent, surtout, était le symbole de presque tous les dieux Egyptiens. Il entrelaçait le sceptre d'Osiris; il couronnait quelquefois la coiffure d'Isis. On représentait souvent Sérapis avec le corps et la queue d'un serpent. Le serpent signifiait en général la terre et l'eau, et comme ces deux élémens contribuent aux richesses des hommes, il est présumable que c'est par cette raison que le statuaire a ceint ici cette corne d'abondance des replis d'un serpent.

Toute la partie supérieure du corps de cette statue est nue; une draperie couvre seulement les jambes et une partie des cuisses. Cette statue est de la plus grande manière et d'une belle conservation; on la trouve gravée dans le recueil de *Cavaceppi.* Quoique la tête soit détachée, c'est néanmoins celle qui appartient indubitablement à cette figure.

On doit ce bel antique aux mémorables conquêtes faites par la grande armée en 1806 et en 1807.

ANTINOÜS.

CIGOLI.

Dessᵉ par S. le Roy.   Gravé à l'Eau-forte par Queverdo.   Ter.ᵉ par Massard f.

L'ECCE HOMO.

EXAMEN
DES PLANCHES.

PLANCHE PREMIÈRE.

CIGOLI (Lodovico Carlo, dit le).

L'ECCE HOMO ; *peint sur toile ; hauteur un mètre quatre-vingt-quatre centimètres ou cinq pieds huit pouces huit lignes ; largeur un mètre trente-quatre centimètres , ou quatre pieds deux pouces.*

Les historiens s'accordent à dire que les Juifs, qui dans leur aveugle fureur, voulaient que le Christ fût livré au supplice , le traînèrent devant Poncius Pilatus, gouverneur de Jérusalem et de Césarée sous le règne de Tibère. Pilate était convaincu de son innocence. Il tenta de le sauver ; mais voyant que ses efforts étaient inutiles, il se fit apporter un vase rempli d'eau ; et se lavant les mains en présence de tout le peuple, il déclara qu'il était innocent de la mort de ce juste. Il le présenta ensuite à cette foule séditieuse, que la jalousie des Scribes et des Pharisiens avait ameutée contre l'homme dont les vertus éminentes contrastaient avec leurs vices.

C'est cet instant que le Cigoli a retracé dans ce tableau. L'on vient de conduire Jésus-Christ sur une terrasse du palais de Pilate; il est chargé de chaînes. On voit sur sa tête cette couronne d'épines qu'il a reçue de ses persécuteurs, en dérision du titre de *Roi des Juifs*, que ses disciples lui avaient donné. Il tient également entre ses mains un roseau que, par la même raison, on l'avoit forcé de porter en guise de et surtout la mal-adresse et l'impéritie de ceux qui furent chargés de le restaurer, ont fait périr ce chef-d'œuvre, qui lui valut le titre de chevalier. Les fresques qu'il exécuta dans la chapelle de Sainte-Marie Majeure subsistent encore.

Le Cigoli, dont j'ai dû parler ici avec un peu d'étendue, parce que l'occasion de le citer ne reviendra plus, joignait au talent de la peinture ceux d'architecte, de musicien et de poète. Ses vers lui ouvrirent la porte de l'académie de la Crusca. Ce fut sur ses dessins que l'on construisit le palais de Médicis sur la place *Madama*. Le cheval de bronze de la statue d'Henri IV à Paris fut fondu d'après le modèle que le Cigoli avait donné. Cette variété de talens ne fixa point le bonheur auprès de cet estimable artiste. La malignité et la constance de ses envieux empoisonnèrent sa vie. Cette injustice même lui a survécu. On la retrouve dans le jugement que le Badinucci porte de lui.

Le tableau dont la description a fait en partie le sujet de cet article, sort du palais Pitti, à Florence. Le Musée Napoléon ne possède de ce maître que cette production capitale, et une autre composition dans laquelle il a représenté une fuite en Égypte.

PLANCHE II.

WERFF (Adrien Van der).

SELEUCUS COURONNANT SON FILS ANTIOCHUS SOTER; *peint sur bois ; hauteur soixante-quatorze centimètres six millimètres ou deux pieds trois pouces ; largeur cinquante-deux centimètres ou un pied sept pouces.*

Seleucus Nicanor avait épousé Stratonice. L'extrême beauté de cette reine fit une vive impression sur Antiochus Soter, fils de Seleucus. La piété filiale, le respect qu'il devait à son roi, son estime pour les vertus de sa belle-mère, imposèrent silence à la passion de ce jeune prince; mais la contrainte que la voix du devoir lui commanda, le conduisit aux portes du tombeau. Érasistrate, médecin célèbre, découvrit la cause de cette maladie ; et Seleucus, pour sauver la vie à son fils, lui céda non-seulement son épouse, mais encore sa couronne. C'est cet acte de dévouement paternel que Van der Werff a essayé de représenter ici.

Quoique par l'importance du sujet et le nombre des personnages, cette production soit l'une des plus considérables de cet artiste, nous

Deſſ.ᵗ par S. le Roy.　　Grá. à l'Eau-forte par Lerouge.　　Termé par Dambrun.

SÉLEUCUS COURONNANT ANTIOCHUS.

ne l'indiquerons pas cependant que comme l'une de ses plus belles. Ce peintre a voulu mettre de la pompe dans ce tableau, et il a peuplé la scène de figures oiseuses et inutiles. L'expression des acteurs principaux est nulle ou fausse. Stratonice est engoncée dans de lourdes draperies ; elle ne pose pas, et la beauté de la tête n'est que de convention. Le médecin Erasistrate n'est qu'un froid spectateur, et ne joue qu'un rôle insignifiant. L'air souffrant que le peintre a prêté à Seleucus, est déplacé dans cette circonstance ; il dément l'héroïsme de son action. S'il en coûte à son cœur pour se dépouiller de son épouse et de sa couronne, cette peine morale ne doit pas se rendre comme on rendrait une douleur physique, et le bonheur de sauver la vie à son fils par un semblable sacrifice, est le sentiment qui doit dominer dans l'expression de sa figure. L'avidité des regards que le jeune Antiochus jette sur Stratonice, a de la vérité sans doute ; mais dans cet instant, elle blesse sinon la décence, tout au moins les convenances. Il doit être tout entier à la gratitude, et presser sur ses lèvres la main de ce père dont le courageux effort le dérobe au trépas, aux dépens de sa puissance et peut-être de son repos.

Ces observations, que la vérité et l'impartialité commandaient également, prouvent que de tous les sujets que l'histoire offre aux pinceaux des artistes, il n'en est point ou de plus malheureux ou de plus difficile à rendre. Une foule de peintres l'ont traité, tous y ont échoué ; et ce qu'il n'est pas inutile de remarquer, c'est que les poètes ont éprouvé la même infortune. Il ne fut que deux hommes dont le génie eût rompu la fatalité attachée à ce sujet, Racine et le Poussin ; mais la nature est avare de ces hommes extraordinaires, dont l'âme anime ou la toile ou les vers, et triomphe à son gré de tous les obstacles.

Ce tableau était du nombre de ceux que l'anglais Grégoire Page acheta du chevalier Van der Werff.

6

PLANCHE III.

TENIERS (David).

LA CUISINE; *peint sur cuivre ; hauteur cinquante centimètres huit millimètres ou un pied six pouces six lignes ; largeur soixante-douze centimères trois millimètres ou deux pieds quatre pouces.*

L'INTENDANTE d'une riche maison, ou plus vraisemblablement la maîtresse d'une grande et opulente hôtellerie, assise dans sa vaste cuisine, préside aux apprêts d'un énorme repas, et s'occupe elle-même à peler des pommes. Dans le fond, ses cuisiniers, devant un large foyer, arrosent les viandes et font tourner trois broches chargées de gigots, de volailles et de gibier. Sur le devant, les tables, le plancher, le croc du garde-manger, sont encombrés de poissons, de lièvres, de lapins, de poulardes, de canards, de moviettes et de viande de boucherie de toute espèce; des ustensiles de cuisine, des flacons de vin, des verres de cristal, sont épars, soit par terre, soit sur des tablettes; enfin, sur une table recouverte d'une nappe, on aperçoit un de ces immenses pâtés de cygne en usage dans les Pays-Bas. Ce pâté est surmonté des ailes déployées et de la tête de cet oiseau, dont le cou est décoré par de fastueux colliers. Tout annonce que ce sont ici les préparatifs d'une kermesse.

Dire que cet admirable tableau, par son exécution charmante, spirituelle et vraie, est l'un des chefs-d'œuvre de Teniers, ce ne serait que répéter les éloges que tant de fois, et avec tant de justice, les connaisseurs ont donnés à ce peintre inimitable, qui, ne trouvant rien d'impossible, a tout tenté, tout exécuté, et auquel tout a réussi.

Ce précieux ouvrage sort de la galerie du Stathouder.

PLANCHE IV.

POELEMBURG (Corneille).

MERCURE ET HERSÉ; *peint sur bois ; hauteur trente-six centimètres ou treize pouces ; largeur quarante-cinq centimètres six millimètres ou seize pouces six lignes.*

LA fille de Cécrops, fondateur d'Athènes, la belle Hersé, revenant du temple de Minerve, s'arrêta sur le bord d'un fleuve avec ses compagnes, et se disposait à s'y baigner, lorsque Mercure, en traversant les airs, l'aperçut, en devint amoureux, et lui proposa de l'épouser.

D. TENIERS.

Des.e par Pluvis.t.   Grave à l'Eau-forte par Chataigner.   Terml par Niquet.

LA CUISINE.

MERCURE ET HERSÉ.

Dessiné par Flandri.   Gravé par Oortman.

L'ÉPOUSE DE REMBRANDT.

L'instant où Hersé aperçoit Mercure, est celui que Poelemburg a choisi. Le geste de cette princesse manifeste son étonnement, et sans détourner la vue de l'objet qui l'a frappée, elle semble dire à deux de ses compagnes, assises derrière elle : *Regardez donc.*

On pourrait désirer plus de grâces dans les formes de ces jeunes filles. Quand un peintre représente des femmes, il semble qu'il devrait associer des formes divines aux charmes de la nature, et peut-être est-il permis de dire que Poelemburg n'a pas toujours apporté assez de délicatesse dans l'exécution de sujets aussi difficiles à traiter. Comme facture, ce tableau ne laisse rien à desirer, mais dans la peinture, ce mérite n'est que secondaire; aussi ce peintre ne tient-il pas dans les arts le rang qu'un dessin plus correct et une expression plus gracieuse lui eussent assurés.

Ce tableau est dû aux conquêtes de 1806.

PLANCHE V.

REMBRANDT.

UN PORTRAIT DE FEMME; *peint sur bois ; hauteur un mètre deux centimètres six millimètres ou trois pieds un pouce ; largeur quatre-vingt-deux centimètres six millimètres ou deux pieds six pouces.*

Quelques connaisseurs croient retrouver dans les traits de cette jeune femme, ceux de l'épouse de Rembrandt. Elle est vue de profil. La tête est coiffée d'une toque ou chapeau de velours cramoisi, surmontée de plumes blanches. Cette femme est fastueusement vêtue; ses mains sont croisées sur sa poitrine; elle tient une fleur.

Les riches vêtemens que Rembrandt prêtait à ses figures, ne sont pas toujours d'un choix très-heureux; mais ils servent à la peinture par la beauté des tons. Il est possible d'ailleurs que de son tems, ils fussent en usage parmi les Hollandaises opulentes.

Il est impossible de porter l'art de peindre à un plus haut dégré. Cette tête respire; on croit apercevoir le sang circuler sous l'épiderme. La vie dont elle est animée semble un rapt fait à la nature, et l'on serait tenté de presser cette joue, pour s'assurer que ce n'est qu'une illusion dont la magie fascine les yeux.

Ce magnifique portrait est de la plus rare conservation ; il sera cité dans tous les tems comme l'une des plus précieuses productions de la peinture dans ce genre. Objet de l'admiration générale, il ne saurait être trop étudié par les peintres de portraits. Heureux celui qui pourra atteindre à ce degré de perfection.

Ce tableau est dû aux conquêtes de 1806.

PLANCHE VI.

PARIS, OMPHALE. — Bustes.

Pâris, l'un des fils de Priam, Pâris si connu par son amour pour l'épouse de Ménélas, et dont la folle passion en embrâsant la Grèce et l'Asie, attira tant de calamités sur sa patrie et sa famille, Paris est ici représenté coiffé du bonnet phrygien. L'arrangement de ses cheveux ajoute encore à cette espèce de mollesse efféminée qui semble empreinte sur sa figure ; ils sont disposés avec autant d'art que de grâces, et descendent en boucles sur son front et ses oreilles. Tout le monde connaît les reproches énergiques que dans l'Illiade son frère Hector lui adresse sur ce genre de parure indigne d'un homme que le sang unit à tant de héros.

Cette tête, aussi belle que bien conservée, est un monument précieux de l'antique sculpture. Elle est de marbre pentélique, et sort de la *Villa Albani*.

L'autre buste représente, à ce que l'on croit, Omphale, reine de Lydie. Hercule l'aima avec passion. Il avait tué, sur les bords du *Sangaris*, un énorme serpent qui désolait la Lydie. Les faveurs d'Omphale furent le prix de ce service.

Le style de cette tête est sévère, et semble appartenir aux beaux tems de l'art. Elle est coiffée d'une peau de lion. Comme la précédente, elle sort de la *Villa Albani*, et est aussi de marbre pentélique.

OMPHALE.   PARIS.

D.ᵗ par A. le Roy.   Gravé à l'eau-forte par Daguet.   Termé par Bovinet.

LA FORTUNE.

EXAMEN

DES PLANCHES.

PLANCHE PREMIÈRE.

GUIDO (Reni).

LA FORTUNE ; *peint sur toile ; hauteur un mètre douze centimètres ou trois pieds quatre pouces six lignes ; largeur un mètre six centim. ou trois pieds deux pouces six lignes.*

C'EST une pensée morale et philosophique tout ensemble, de représenter la Fortune planant sur le globe, et se jouant des attributs de la puissance et de la gloire ; mais enfin, c'est une allégorie, et quoique le sens de celle-ci puisse se saisir facilement, on y retrouve cependant encore une sorte d'obscurité qui me confirme dans mon opinion sur les vices inhérents à ce genre ; vices que j'ai déjà exposés plus d'une fois dans cet ouvrage. Il est présumable que cette figure est celle de la Fortune, et la tradition à laquelle on doit le titre de ce tableau, se réunissant aux emblèmes que cette femme tient entre ses mains, ne laisse guère de doute à cet égard. Mais que signifie ce génie ? que représente-t-il ? que veut-il ? Le peintre a-t-il voulu indiquer l'Occasion ? Mais le Guide était un homme instruit et érudit, et ce n'est jamais ainsi que les anciens l'ont personifiée. Ils la représentaient sous les traits d'une jeune femme, chauve sur le derrière de la tête, portant des pétales comme Mercure ; tantôt un pied en l'air et l'autre posé sur une roue ; tantôt glissant sur des lames de rasoir, qu'elle éfleure sans se blesser. Serait-ce l'Amour? Mais l'Amour courant après la Fortune, et cherchant à la fixer, cesse d'être l'Amour. Serait-ce le génie de l'Ambition ou celui du Repentir qui voudrait ou saisir, ou recouvrer les trésors qu'elle tient entre ses mains? mais alors le Guide, homme de goût et d'esprit, eût mis un sourire caustique sur les lèvres de cette Fortune, dont la malice s'amuse si souvent à tromper les espérances de ceux qui la courtisent. Serait-ce le génie de la Vertu, qui pour épargner aux hommes les maux trop ordinaires que leur fait l'aveugle déesse, voudrait l'empêcher de pénétrer sur la terre? L'on pourrait presque le présumer, à l'air chagrin que l'on remarque sur la figure de cette femme. Voilà donc encore une allégorie sortie des pinceaux d'un peintre célèbre et du cerveau d'un artiste spirituel, qu'on ne peut expliquer d'une manière satisfaisante. L'on dit : C'est la Fortune : je veux le croire; mais qu'est-ce qui le prouve? Cette couronne, ce sceptre, ces palmes : fort bien, mais où est son bandeau, son attribut nécessaire? Mais fut-ce la Fortune, cet enfant quel est-il? personne ne peut le dire.

Quoiqu'il en soit, voici comme le Guide a traité le sujet qu'il s'était donné. Une femme presque nue, simplement ornée d'une écharpe légère, que le vent fait voltiger, placée au-dessus du globe, semble rapidement emportée par le mouvement de rotation imprimé à la planète. D'une main elle tient un sceptre et des palmes, et de l'autre une couronne dont elle se joue et qu'elle fait pirouetter entre ses doigts. Un génie ailé la poursuit. Il la saisie par sa chevelure et son écharpe, et cherche, mais vainement, à l'arrêter. La notice du Musée donne à-peu-près la même description de ce tableau, et doute aussi que ce génie représente l'Occasion.

Cet ouvrage sort du Capitole, et fut compris dans les cent articles du traité de Tolentino. Il jouissait à Rome d'une haute réputation. Il en existe en Europe un grand nombre de copies et de gravures. Dut-il sa célébrité au sujet, ou bien au talent du peintre? Sous ce dernier rapport, il s'en faut de beaucoup qu'il soit sans reproche. La figure de la femme est lourdement dessinée; elle n'a ni la grâce ni la noblesse convenables. Le peintre, en mettant la légèreté dans le mouvement, n'a pas songé à la mettre dans les formes, et cela ajoute à leur pesanteur. En général, le coloris n'est pas celui de la nature. Le ton entier de ce tableau est factice et verdâtre. Quant à l'expression

Pl. 298.   DOUVEN.   Tab.t Flam.d

Dessiné par A. le Roy.   Gravé par Ligeot.

LA VIERGE AUX CERISES.

de la tête, j'ai déjà remarqué qu'il était impossible de l'expliquer. Cette femme a l'air de souffrir. Pourquoi ? Est-ce de la contrariété que lui fait éprouver ce génie ? Si le Guide a voulu représenter la Fortune, cette expression est fausse. La Fortune est étrangère à la douleur. La sensibilité n'est point son partage ; elle ne se laisse ni fléchir ni toucher. Elle dispense au hasard les biens et les maux. Le caprice est son caractère, l'indifférence son habitude.

PLANCHE II.

DOUWEN (FRANÇOIS BARTHELEMY), né à Dusseldorf le 2 mars 1656, mort en 1727.

LA VIERGE AUX CERISES; *peint sur bois ; hauteur trente-huit centimètres huit millimètres ou quatorze pouces ; largeur quarante-huit centimètres huit millimètres ou dix-sept pouces six lignes.*

LA Vierge et Saint Joseph, obligés de fuir vers l'Egypte pour se dérober à la persécution d'Hérode et sauver la vie à leur enfant chéri, se sont arrêtés, à la fin du jour, dans un lieu solitaire, sombre et sauvage. Saint Joseph vient de briser une branche de cerisier chargée de fruit, et l'a présentée à Jésus. L'enfant, frappé par cet objet, a quitté le sein de sa mère, s'est emparé de la branche, et s'amuse à en arracher les cerises l'une après l'autre. La Vierge, à demi-couchée sur la terre, a étendu son fils sur son manteau, et sourit en contemplant l'enfantine avidité de cet intéressant objet de sa tendresse maternelle.

Si la peinture n'était qu'un métier, l'on pourrait citer ce tableau comme une merveille pour l'exécution : tout y est d'un précieux pour ainsi dire inimitable ; mais quelque soit l'importance de cette espèce de mérite aux yeux de certains amateurs, il faut convenir qu'il a bien peu de poids auprès des véritables connaisseurs. En examinant ce tableau, on se convaincra sans peine que ce poli excessif le rend glacial. Il tue entièrement l'expression. Les chairs sont sans transparence. Tout est lourd et sans mouvement dans les linges et les draperies, et le tableau est entièrement sans harmonie.

Son auteur a joui cependant d'une haute célébrité, et de la faveur de plusieurs souverains. Le peu d'ouvrages de lui que possède le Musée, ne permet pas de juger s'il a mieux réussi; mais on reconnaît dans celui-ci une habitude contractée, une manière, un système de faire qui feraient présumer que les défauts qu'il présente doivent se retrouver, au moins en partie, dans ses autres productions.

Fils d'un peintre inconnu, élève de *Gabriel Lambertin*, artiste de Liége, dont les talens ont été peu vantés, il fut heureusement pour lui pris en amitié par dom *Juan Dellans Velasci*, ministre des finances du roi d'Espagne Charles II. Ce seigneur lui accorda l'entrée de son cabinet, le plus riche et le plus précieux de ce tems. Ce fut là qu'il étudia pendant plusieurs années les ouvrages des plus grands maîtres d'Italie. Ses progrès et ses prôneurs appelèrent sur lui l'attention du duc de Nuremberg, et à vingt-un ans il fut nommé premier peintre de la cour de ce prince.

Il suivit le duc à Vienne, où il peignit l'empereur, l'impératrice, et les plus grands seigneurs de l'Autriche. Dès-lors sa réputation devint colossale, et sa fortune considérable. Premier peintre de l'empereur Léopold, il fut successivement envoyé à Lisbonne, pour peindre le roi de Portugal et son épouse Marie-Sophie de Neubourg; à Copenhague pour peindre la princesse de Danemarck, destinée à épouser l'empereur Joseph, mariage qui n'eut pas lieu; et enfin à Modène pour peindre la princesse Amélie, qui épousa le roi des Romains. Il fut ensuite mandé à Florence pour peindre le Grand Duc, qui l'honora d'une telle estime, qu'il lui demanda son portrait, que par son ordre l'on plaça parmi ceux des plus célèbres artistes de l'Europe.

Enfin, la reconnaissance et l'amour de la patrie le ramenèrent à Dusseldorf, chargé des dons que la protection de tant de princes lui avait valus. Là résidait l'électeur Palatin, et il devint le Mécène de Douwen. Ce prince, ami passionné des arts, avait alors près de lui et entretenait à ses frais les peintres les plus illustres de cette époque, Antoine *Pelegrini*, Dominique *Zanetti*, Adrien *Vander Werf*, Jean *Weninx*, Antoine *Schoonjans*, Eglon *Vander Néer*, Rachel *Reeps*, Gérard *Lairesse*, et plusieurs autres. Il était honorable pour Douwen de voir son nom associé à de tels noms.

Il paraît cependant, d'après ces détails, que nous avons puisés en partie dans l'estimable ouvrage de Descamps, que le portrait fut le

LES INCONVÉNIENS DU JEU.

seul genre dans lequel ce peintre réussit , puisque les historiens ne citent de lui aucun tableau d'histoire un peu capital , et que celui que nous avons décrit en commençant cet article n'est pas de nature à donner une haute idée de son talent en ce genre. Il avoit , à ce que l'on assure , celui de saisir parfaitement la ressemblance. C'est un genre de mérite qui n'est pas toujours étranger aux peintres médiocres. Il eut l'honneur de peindre trois empereurs, trois impératrices , cinq rois, sept reines , et la majeure partie des princes et princesses de l'Europe. Descamps dit qu'il réussit dans tous ses ouvrages. C'est ce dont il est permis de douter ; mais ce qui est indubitable, c'est qu'il réussit aux moins par là à s'enrichir.

PLANCHE III.

OSTADE (Adrien Van).

LES INCONVÉNIENS DU JEU ; *peint sur bois ; hauteur trente-trois centimètres trois millimètres ou un pied ; largeur trente-neuf centimètres huit millimètres ou un pied deux pouces six lignes.*

DES paysans hollandais ou flamands fument et boivent à la porte d'une chaumière , agréablement ombragée d'arbres et de pampres. C'est un estaminet de village. Deux de ces hommes se sont amusés à jouer, et ont pris pour table un tonneau renversé. Il est sans doute survenu quelque coup douteux ; une rixe s'en est suivie , et la partie lésée a , dans sa colère, jeté les cartes par terre ou peut-être au nez de son adversaire, qui en se levant a renversé l'escabeau sur lequel il était assis. L'explication est vive, le coup est *important.* Il s'agit sans doute de la perte d'un pot de bierre. Une femme spectatrice de la partie, s'est prudemment emparée de la fatale cruche, pour éviter qu'elle ne joue un rôle dans cette affaire. Un ménétrier, que sa longue expérience des tavernes rend indifférent à ces sortes de querelles, n'a pas cessé de racler sur son rauque instrument. Un gros hollandais, le coq du hameau , si l'on peut en juger par sa mise plus étoffée, assis sur une corbeille , écoute la dispute, et a gravement quitté sa pipe pour mieux entendre. Ce sera le juge. Les autres personnages, sur des plans plus éloignés , prennent peu de part à cette aventure.

Trop de curiosité serait déplacée; il ne faut pas déroger au silencieux sang froid hollandais.

Tel est le sujet de ce charmant tableau, dans lequel Ostade s'est vraiment montré le peintre des mœurs villageoises de son pays, par la manière ingénieuse avec laquelle il a rendu cette scène familière.

L'on doit ce tableau aux conquêtes de 1806.

PLANCHE IV.

BRIL (PAUL).

UN PAYSAGE; *peint sur toile; hauteur un mètre trois centimètres ou quatre pieds onze pouces; largeur deux mètres six centimètres cinq millimètres ou six pieds deux pouces six lignes.*

ANNIBAL CARRACHE et Paul Bril étaient amis. Le célèbre italien se plaisait à embellir de scènes érotiques, les paysages précieux du célèbre flamand, et les Arts durent à cette liaison, honorable pour tous les deux, une foule de tableaux charmans.

Dans celui-ci, un grand fleuve baigne un vaste paysage, et serpente dans une vallée, dont les limites sont indiquées par de hautes montagnes. Sur des plans plus rapprochés, on aperçoit des masses de rochers ombragées par de grands arbres, et embellies par une cascade dont les flots viennent, en grondant, se mêler aux ondes tranquilles du fleuve. C'est sur ce théâtre tout à-la-fois pittoresque et enchanteur, riant quoique sauvage, animé quoique solitaire, que Carrache a placé l'aventure de Calisto, cette intéressante victime des amours de Jupiter. Elle était fille de Lycaon, roi d'Arcadie; elle était consacrée à Diane, et tenait rang parmi ses nymphes. Jupiter la vit, l'aima, et pour la séduire emprunta les traits de la Déesse. Les suites de cette entrevue furent funestes. Calisto ne put les dérober aux regards perçans de Diane, qui la chassa de sa présence.

Ce furent sans doute l'importance du sujet, et le talent que le Carrache a déployé en le traitant, qui déterminèrent les anciens administrateurs du Musée à le mettre sous son nom dans la notice qu'il rédigèrent. Nous le restituons à Paul Bril, parce que la justice l'exige. Tous ses

PAYSAGE.

Des.ª par N.ºBouts.   *Gravé à l'eau forte par T.T. De la Porte.*   *Term.ª par Helml.*

VUE D'UNE VILLE DE HOLLANDE.

tableaux, comme nous le disions tout-à-l'heure, sont ornés de figures du Carache ; et si l'on met celui-ci sous son nom, il faudrait par la même raison lui imputer tous ceux qui portent le nom de Paul Bril. Ce tableau faisait partie de la collection des rois de France.

PLANCHE V.

HEYDEN (Vander).

VUE D'UNE VILLE ; *peint sur bois ; hauteur quarante-quatre cent. ou un pied quatre pouces ; largeur soixante centimètres ou un pied onze pouces.*

Nous avons publié dernièrement un tableau du même auteur, dont celui-ci peut faire le pendant, et avec lequel il a même quelqu'analogie, par la disposition des fabriques et par le genre des édifices. On croit généralement que Vander Heyden a voulu représenter ici une des portes d'Anvers, avec une vue de l'église des Jésuites, prise du côté de son chevet. Avant le fameux incendie de 1718, allumé par le feu du ciel, cette église avait la réputation d'être l'une des plus belles de l'Europe. On rapporte qu'elle était entièrement revêtue des marbres les plus précieux, et décorée de tableaux des plus grands maîtres de l'Ecole Flamande. Les Jésuites la devaient à la munificence des magistrats d'Anvers ; et leur générosité avait ajouté à ce bienfait le magnifique Palais de Lierre, destiné à Charles-Quint, pour y loger la communauté et y fonder le collège de ces religieux. Ce fut donc par reconnaissance qu'ils s'attachèrent à enrichir cette église, et à y prodiguer tous les ornemens que les arts purent leur fournir. La flamme n'épargna aucune de ces richesses, et l'on ne put rien dérober à sa fureur.

Ce joli tableau, précieux comme tous les ouvrages de cet habile peintre, est orné, comme celui que nous avons rappelé, de figures dues à Van den Veldt, et sort de la galerie du Stathouder.

PLANCHE VI.

HYGIE. — STATUE.

CETTE figure représente la déesse de la Santé. Les symboles ou attributs que le sculpteur lui a prêtés ne permettent pas d'en douter. Sa conservation est parfaite. Elle est d'un style très-noble, et les draperies sont d'une exécution grandiose. La tête est antique. Elle est d'un beau caractère, et quoique rapportée, c'est celle de la figure. Cette belle statue est due aux conquêtes de 1806. Malgré l'éloge mérité que nous en faisons, la vérité veut cependant que l'on convienne qu'elle ne peut supporter le parallèle avec une autre Hygie, également venue de l'Allemagne, et que l'on croit être le portrait de l'impératrice Domitia.

Hygie, ou Hygiée, était fille d'Esculape et de Lampétie. Les Romains adoptèrent cette divinité, lui élevèrent un temple comme protectrice du salut de l'empire. Les Grecs l'honoraient comme déesse de la Santé. Plusieurs monumens la représente couronnée de lauriers, et tenant le sceptre comme reine de la Médecine. Plusieurs sculpteurs lui ont donné encore pour attribut un serpent ou dragon à longs replis, qui avance la tête pour boire dans une coupe que tient cette Déesse.

Hygie était aussi un surnom de Minerve, qui présidait à l'art de guérir. *Vid*. Dictionnaire de Noël, *tome II*, *page* 48.

HYGIE.

D.ᶠ par Bourdon.   Grā à l'Eau-forte par Lerouge.   Term.ᵉ par Niquet.

Sᵗ. BENOIT RESSUCITANT UN ENFANT.

EXAMEN
DES PLANCHES.

PLANCHE PREMIÈRE.

SUBLEYRAS (PIERRE), né à Usèz en 1699, mort à Rome
en 1749, fut élève d'ANTOINE RIVALZ.

SAINT BENOIT RESSUSCITE L'ENFANT D'UN PAYSAN; *peint
sur toile; hauteur cinquante centimètres seize millimètres ou un pied
six pouces six lignes; largeur trente-trois centimètres trois millimètres
ou un pied.*

Nos lecteurs se rappellent sans doute que nous avons précédemment
décrit un tableau représentant un sujet pareil à celui que nous présentons ici, et exécuté par Louis de Silvestre. Il est donc inutile de répéter
le trait historique où ces deux peintres ont puisé l'action qu'ils ont mise
en scène.

Dans le tableau de Subleyras, elle se passe à la porte du monastère.
L'enfant a été placé sur les degrés du péron qui conduit à cette porte.
Le père est agenouillé près de lui, et un jeune paysan, tenant une bêche
sur son épaule et portant un panier d'osier rempli d'herbages, venu sans
doute avec le père de l'enfant, debout et un pied appuyé sur la première
marche du péron, est attentif à ce qui se passe. Cinq religieux sont
sortis, et ont suivi Saint Benoît, pour être témoins du miracle qu'il va
opérer. Le Saint, presque prosterné, tient entre ses mains la tête de
l'enfant, et, le visage collé contre le sien, le rappelle à la vie. Le geste

du père, la curieuse attention du religieux qui se penche en avant, à côté de Saint Benoît, annoncent que cette innocente créature a déjà donné quelques signes de résurrection. Les deux autres religieux que l'on voit sur un plan plus reculé, l'un debout près de la porte, l'autre en dehors, appuyé sur un bâton, regardent avec un calme plus religieux ce qui se passe, tandis que celui qui est resté sous la porte semble questionner son confrère sur le succès de cette grande entreprise. Le cinquième, que l'on aperçoit dans le fond, a les yeux baissés; à sa jeunesse, à sa contenance modeste et réfléchie, à son air de componction et de mortification, on peut croire que c'est un novice.

Nous ne nous apesantirons pas sur le mérite de ce tableau; on ne peut le considérer que comme une esquisse faite avec esprit et avec facilité. Il serait peut-être même permis de s'étonner de rencontrer au Musée impérial un tableau d'une aussi faible mérite, si l'on ne se rappelait la grande réputation dont Subleyras jouissait encore en France il y a quarante ou cinquante ans. Le prestige de cette réputation a pu seul l'y faire admettre, ainsi que son *Serpent d'airain*, tableau qui lui valut le grand prix à l'école de France, et dont le peu d'importance ne méritait pas sans doute un tel honneur. Il sera facile de juger de l'engouement où l'on était des productions de ce peintre, quand on saura que M. d'Angevillers, à la sollicitation des membres de l'ancienne académie de peinture, acheta, pour la somme de huit mille francs, son esquisse du tableau représentant *la Madelaine aux pieds de Jésus-Christ, chez Simon le Pharisien*, que l'auteur grava lui-même à l'eau forte, et dont on voit maintenant l'exécution en grand au Musée de Versailles. Subleyras avait peint ce tableau pour des religieux d'un monastère près de Turin.

L'on peut se rappeler que l'habit des religieux de Saint Benoît était noir. Cependant Subleyras, dans le tableau que nous venons de décrire, les a habillés de blanc. Il a été porté sans doute à cette licence par l'effet pittoresque qu'il prétendait produire. Au reste, elle lui a été commune avec plusieurs autres peintres, et ceux même d'Italie n'ont pas été exempts de cette erreur. L'on citerait plusieurs exemples de religieux de divers ordres, dont les habits étaient semblables pour la coupe; mais ils étaient distincts par la couleur. Les moines, en général, ajoutaient beaucoup d'importance à leur costume; et, pour peu que l'on connaisse l'histoire, on sait quelle rumeur fit en Europe, dans le treizième siècle, la grande affaire des habits monastiques. Elle occupa la politique et les esprits un peu plus que n'aurait pu faire la découverte d'un nouveau monde. Le célèbre Vandick, pour s'être permis dans son tableau de l'*Extase de Saint Augustin* de représenter les moines Augustins d'Anvers en habit blanc, se fit une querelle sérieuse avec ces moines; peu s'en fallut qu'elle ne dégénérât en un procès en forme. Vandick eut la sagesse de la terminer à la satisfaction des moines aussi bien qu'à la sienne, et les habilla de noir; et ce ne fut qu'à cette condescendance qu'il dût le paiement de la somme dont il était convenu pour son travail.

Au reste, ces sortes d'anachronismes ne méritent quelque attention que parce qu'ils nuisent à la vérité historique, et qu'ils embarrassent ou égarent ceux que leurs emplois ou leurs travaux littéraires forcent à donner une idée juste des sujets traités par les peintres. C'est ainsi, par exemple, que les anciens administrateurs du Musée, déçus par cet habit blanc, en citant ce tableau dans leur notice, l'ont désigné sous ce titre : *Saint Bruno guérissant un enfant.* Les auteurs du Dictionnaire de peinture, sculpture et gravure, si recommandables d'ailleurs, ont donné dans la même erreur, trompés sans doute par la même cause. Il est de fait cependant que nul des légendaires ne rapporte un miracle de ce genre dans la vie de Saint Bruno. Il suffit au reste de jeter les yeux sur la forme de cet habit, pour reconnoître qu'il n'a pas la moindre analogie avec celui que portent les Chartreux, tandis qu'il est en tout semblable à celui des Bénédictins.

Quoique Rivalz, maître de Subleyras, fut un peintre assez distingué, comme il ne sortit point de Toulouse, sa ville natale, depuis son retour de Rome où il travailla long-tems, il n'a pas joui d'une bien grande réputation : car, soit erreur, soit justice, ce n'est qu'à Paris que l'on peut en acquérir une. Cependant, les travaux de l'élève donnent une idée du mérite du maître. Quand Subleyras vint à Paris, il attira l'attention, et ce fut dès la seconde année du séjour qu'il y fit, qu'il gagna le premier prix. Il fut à Rome, et ses talens y firent sensation, quoique, disent les auteurs du Dictionnaire de peinture, les talens étrangers n'y soient pas légèrement accueillis; mais on peut observer aussi qu'à cette époque, Rome n'avait plus le droit d'être aussi difficile que du tems de Raphaël. Il fut chargé d'exécuter un tableau pour la basilique de Saint-Pierre, représentant *Saint Basile célébrant la messe, et l'empereur Valens, protecteur des hérétiques, tombant évanoui entre les bras de ses gardes.* Subleyras eut la gloire de voir exécuter son tableau en mosaïque, honneur dont peu de peintres ont joui de leur vivant. Il travailla pour plusieurs villes d'Italie et quelques princes étrangers. Son tableau de Saint-Pierre de Rome a été gravé par Cunego.

La collection du Musée possède quelques autres ouvrages de ce peintre. L'on y retrouve un pinceau aimable et facile. En général, ils ont de l'harmonie; mais le coloris tire trop sur le gris. Il y a peu d'élévation dans les caractères, et ses productions, communément, manquent de grâce et d'élégance.

PLANCHE II.

METZU (Gabriel).

SCÈNE FAMILIÈRE ; *peint sur bois ; hauteur cinquante-quatre cent. sept millimètres ou un pied huit pouces ; largeur quarante-deux cent. ou treize pouces six lignes.*

Une dame hollandaise, en habit du matin, la tête couverte d'une coife nouée négligemment sous le menton, et d'une espèce de voile qui lui tombe sur les épaules, les pieds appuyés sur une chaufferette, est assise devant une table recouverte d'un riche tapis, et sur laquelle on aperçoit quelques livres épars. Elle étoit occupée à écrire, et vient d'interrompre sa lettre pour écouter une jeune personne qui, debout et placée devant elle, joue du cistre. Derrière la maîtresse de la maison, l'on voit un homme appuyé sur le dos de son fauteuil; il paraît regarder avec intérêt ces deux dames, et écouter avec plaisir l'air que la plus jeune exécute. Le chapeau qu'il tient à la main annonce assez qu'il n'est pas de la maison; mais la situation qu'il a prise prouve qu'il y est reçu familièrement. Il est présumable que ce sont ici trois portraits, et que c'est une scène de famille que cet habile artiste a voulu représenter.

Ce peintre est constamment admirable dans ses productions, et toutes les fois que l'occasion se présente d'en décrire quelqu'une, il faudrait répéter les mêmes éloges. On retrouve dans celui-ci sa noblesse ordinaire dans le choix des figures et dans les attitudes qu'il donne à ses personnages. S'il le dispute à d'autres peintres par le précieux, il l'emporte sur eux par sa manière large, par la connaissance profonde de l'art des dégradations et par la vérité de la couleur.

UNE SCENE FAMILIERE.

L'appartement où se passe la scène que nous venons de décrire est extrêmement riche. Les tentures, les ornemens, les marbres, les frises, les encadremens des tapisseries et des tableaux, annoncent le goût de ce peintre et la fécondité de son imagination.

Ce beau tableau réunit à toutes ces qualités une conservation si parfaite, que, bien qu'il ait plus d'un siècle et demi d'existence, on le croirait peint depuis peu d'années.

Il sort de la collection du Stathouder.

PLANCHE III.

NETZCHER (GASPARD).

LE PORTRAIT CHÉRI ; *peint sur bois ; hauteur vingt-trois centimètres sept millimètres ou huit pouces neuf lignes ; largeur dix-neuf cent. ou sept pouces trois lignes.*

UNE jeune dame, élégamment coiffée et richement habillée, est assise devant sa toilette ; d'une main elle tient une lettre ouverte qu'elle vient de lire, et de l'autre un portrait qu'elle semble montrer avec intérêt à quelques personnes que l'on suppose devoir être sur le devant. Il est présumable que ce portrait est celui de son père, si l'on en juge du moins par l'âge avancé de celui qu'il représente. Derrière le siège qu'elle occupe, l'on aperçoit un jeune homme debout et le chapeau à la main. C'est, selon toute apparence, le petit commissionnaire qui vient de lui apporter le paquet, et qui attend ou la réponse ou son salaire.

Ce joli tableau est d'une couleur extrêmement brillante, et d'un pinceau aimable et suave ; il fait partie des objets conquis dans la campagne de 1806.

PLANCHE IV.

POELEMBURG (CORNEILLE).

MERCURE AMÈNE PARIS DEVANT LES TROIS DÉESSES ; *peint sur cuivre ; hauteur vingt-neuf centimètres trois millimètres ou onze pouces ; largeur trente-sept centimètres cinq millimètres ou un pied quatre pouces.*

LE peintre a choisi l'instant qui précède le jugement de Pâris. Junon, Minerve et Vénus se disposent à le recevoir. On l'aperçoit dans le fond; Mercure le conduit et vient de lui remettre la fatale pomme.

L'Amour, sur le devant, semble montrer aux trois déesses deux jeunes nymphes, dont l'une semble les admirer, tandis que l'autre se baigne. Cet épisode est obscur. L'Amour leur conseille-t-il d'éloigner ces deux jeunes filles qui voudraient leur disputer le prix de la beauté, ou inspire-t-il à sa mère, pour obtenir le prix, de promettre à Pâris le cœur de ces deux nymphes? Cela se rapprocherait de la version d'Apulée; selon lui, Vénus promit à Pâris le cœur d'Hélène, femme de Ménélas.

Cette scène se passe dans un paysage. Ceux de ce peintre se ressemblent tous. C'est un défaut; cela dénote une sorte de pénurie d'idées toujours malheureuse dans les arts.

Ce tableau est dû aux conquêtes de 1806.

PLANCHE V.

LE DUC (JEAN), né à la Haye en 1636, fut élève de **PAUL POTTER**.

UN CORPS-DE-GARDE ; *peint sur bois ; hauteur quarante-cinq cent. trois millimètres ou seize pouces quatre lignes ; largeur trente - cinq centimètres huit millimètres ou treize pouces.*

PLUSIEURS connaisseurs sont indécis, non sur le mérite de ce tableau, mais sur le nom de son auteur. Nous adoptons celui que cite

C. POELENBURG.

Def.ᵗ par Grégorius.   Gra.ᵉ a l'Eau-forte par Chataigner.   Ter.ᵉ par Niquet.

LES APPRÊTS DU JUGEMENT DE PARIS.

Des.é par Bourdon.   Grav.é i l'eau-forte par Lerouge.   Termié p. Maylard p.

UN CORPS DE GARDES.

Dessiné par Vauthier.

Gravé par Leroux.

EUTERPE.

la notice du Musée, c'est-à-dire Jean le Duc. Le rédacteur de cette notice observe cependant que quelques personnes l'attribuent à Or. d'Euren, peintre peu connu, et que l'on croit avoir été élève de Scalken. Le seul objet de comparaison pour nous, est une gravure publiée sous le nom de ce maître dans l'ouvrage de M. Le Brun, et cela ne nous suffit pas pour avoir une opinion sur le plus ou moins d'importance de cette discussion.

Au reste, ce tableau fait honneur à l'artiste à qui les arts le doivent. Il est d'un effet très-piquant. Il a représenté trois militaires dans un corps-de-garde. L'un tient une lumière qu'il couvre de sa main; les deux autres se chauffent à un feu vif et ardent, dont les étincelles pétillent autour d'eux. Sur le devant, on voit la caisse d'un tambour et un sac de voyage.

Si ce tableau est de Jean le Duc, il doit être cité comme l'une de ses meilleures productions. On reproche en général à ce peintre de manquer d'harmonie, et d'avoir un pinceau trop égal. Ici ces défauts ne se retrouvent pas. L'exécution de ce tableau est remarquable par la facilité du faire et par une aimable naïveté. Le soldat agenouillé est d'une intention très-vraie, et la pose est saisie sur la nature.

Les tableaux de ce peintre sont assez communs à Paris. Malheureusement pour les arts, il quitta le pinceau pour les armes. Il s'y distingua par sa bravoure, et parvint au grade de capitaine. Il fut nommé directeur de l'académie de peinture de la Haye.

PLANCHE VI.

EUTERPE. — STATUE.

NOUS avons déjà fait connaître quelques-unes des Muses dont les statues décoraient la salle qui portait leur nom, dans la galerie des Antiques. On peut se rappeler également que ces différentes statues, ainsi que nous l'avons dit ailleurs, ont été découvertes, en 1774, à Tivoli, lors des fouilles faites dans le lieu où l'on croit que fut la maison de campagne de Cassius. Celle d'Euterpe ne s'y trouva point, et par là, la suite se trouvait incomplète. Pie VI acheta cette suite pour la placer au Vatican, dans une salle magnifique qu'il fit construire à cet effet. L'on chercha à suppléer à cette lacune, et l'on choisit la

statue que nous décrivons aujourd'hui, et que l'on voyait depuis long-
tems à Rome au palais *Lancellotti*.

Euterpe, la Muse de la musique ; est ici représentée assise sur les
rochers du Parnasse ou de l'Hélicon, ainsi que quelques sculpteurs
de l'antiquité en ont usé pour quelques autres Muses. Elle est vêtue
d'une tunique sans manches , et dont les plis sont réguliers. Cette
tunique est enrichie d'une agrafe , dans laquelle paraît enchassée une
pierre précieuse. Des sandales forment sa chaussure. Elle tient dans
sa main gauche une flûte, son attribut ordinaire. Cette flûte est moderne , et a été restituée à cette figure lorsqu'elle fut restaurée.

Les anciens ont quelquefois entouré cette Muse d'un plus grand
nombre d'attributs. Ils la représentaient volontiers sous les traits d'une
jeune fille couronnée de fleurs , jouant de la flûte, ayant autour d'elle
des hautbois, et d'autres instrumens de musique. Agréable allégorie,
dit Noël, par laquelle ils voulaient exprimer combien la culture des
lettres et des arts a de charmes pour ceux qui s'y livrent.

Cette figure d'Euterpe, par sa noble simplicité et la naïveté de sa
pose, n'est point indigne de celles à qui on l'avait associée.

LE RAVISSEMENT DE S^T. PAUL.

EXAMEN
DES PLANCHES.

SOIXANTE-NEUVIÈME LIVRAISON.

PLANCHE PREMIÈRE.

POUSSIN (Nicolas).

LE RAVISSEMENT DE SAINT PAUL; *peint sur toile; hauteur un mètre trente-huit centimètres cinq millimètres ou quatre pieds deux pouces; largeur un mètre ou trois pieds.*

L'APOTRE des nations, Saint Paul, dans sa seconde épître aux Corinthiens, leur apprend qu'il fut ravi jusqu'au troisième ciel, et avoue qu'il ne peut dire s'il fut enlevé corporellement, parce qu'il ne le sait pas lui-même; mais il ne doute point qu'il avait en ce moment toute la force de son jugement : ce qui, ajoute le respectable Baillet, arrive ordinairement aux personnes qui sont ravies en extase.

La peinture ne comportant que des objets réels, le Poussin a représenté Saint Paul en extase, enlevé par trois anges. Un d'eux lui indique le séjour éternel où il est attendu, et semble lui ordonner de prêter attention aux vérités mystérieuses et inéfables que Dieu lui révèle pour la conversion des Gentils.

La figure de Saint Paul est pleine d'enthousiasme. Ses bras étendus peignent bien son admiration, et l'expression de la tête sa confiance dans la toute-puissance divine. Le groupe est d'un bel agencement; les anges d'un dessin élégant. On désirerait peut-être qu'ils parussent faire moins d'efforts pour enlever Saint Paul : ils sont les exécuteurs de la volonté divine, elle a dû leur donner la puissance de soutenir sans peine ce fardeau.

On assure que le Poussin exécuta ce tableau pour le poète Scarron ; il ne faut donc point confondre cet ouvrage avec celui qu'il fit en 1643 pour M. de Chantelou. Ce seigneur lui avait demandé ce sujet pour accompagner un tableau de Raphaël, représentant la vision d'Ezéchiel. Ce fut à l'occasion de cette invitation que ce grand artiste, aussi modeste que célèbre, écrivit à M. de Chantelou : « Qu'il craignait que sa main » tremblante ne lui manquât en un ouvrage qui devait accompagner » celui de Raphaël ; qu'il avait de la peine à se résoudre à travailler, » s'il ne lui promettait que son tableau ne servirait que de couverture » à celui de Raphaël, ou du moins qu'il ne les ferait jamais paraître » l'un après l'autre, croyant que l'affection qu'il avait pour lui était » assez grande pour ne permettre pas qu'il reçût un affront. »

En lui envoyant ce tableau, il lui répète encore : « Qu'il le supplie, » tant pour éviter la calomnie que la honte qu'il aurait que l'on vît » son tableau en *parangon* de celui de Raphaël, de le tenir séparé » et éloigné de ce qui pourrait le ruiner, et lui faire perdre si peu » qu'il a de beauté. »

Cependant, le chevalier del Pozzo écrivait à cette époque que le Poussin n'avait rien fait de plus parfait, et qu'il n'estimait pas moins son tableau du Ravissement de Saint Paul, que la Vision d'Ezéchiel de Raphaël qu'il avait acheté à Bologne, et qu'il avait cédé audit sieur de Chantelou.

Ce tableau, que nous avons vu long-tems dans la galerie du Palais Royal à Paris, n'était cependant point supérieur à celui que nous publions ; la composition même était trop reserrée dans le cadre étroit que le Poussin avait à remplir : dans celui-ci elle nous paraît avoir plus de majesté.

Le Poussin a placé dans le bas le volume des œuvres de Saint Paul, et sur le livre une épée, symbole ou attribut particulier à cet apôtre.

LA FAMILLE DU BUCHERON.

PLANCHE II.

REMBRANT.

LA FAMILLE DU BUCHERON; *peint sur bois ; hauteur quarante-huit centimètres ou dix-sept pouces six lignes ; largeur soixante-dix centim. six millimètres ou deux pieds un pouce six lignes.*

Le Musée possède un tableau du même artiste, que l'on peut citer comme une de ses plus précieuses productions ; il porte la dénomination du *Ménage du Menuisier* : celui que nous publions est de la même époque, c'est-à-dire qu'on y retrouve le même charme et le même coloris.

La bizarrerie de la composition est extrême. Rembrant a coupé le fond de l'appartement où il a placé sa scène, par un grand rideau rouge qui se tire à volonté. Une bonne mère tient dans ses bras son jeune enfant; elle vient de le sortir de son berceau. Cet enfant pleure, et elle semble vouloir l'appaiser. Devant quelques morceaux de bois allumés au milieu de la chambre, est la petite soupe qu'elle se propose de lui donner. Le chat accroupi s'est approché du feu, tandis que le pauvre bûcheron, à la porte de sa maison, est occupé à fendre quelques bûches pour alimenter le feu de l'âtre.

Le groupe de la mère et de l'enfant, et le clair obscur qui règne dans ce tableau, le font regarder comme l'un des ouvrages de Rembrant, où cet habile homme a poussé au plus extrême degré la magie de la lumière. Il serait à souhaiter cependant qu'il eût moins sacrifié le personnage du bûcheron ; il ne se trouve pas assez éloigné pour qu'on l'aperçoive aussi peu, et dans le tableau cette figure ne paraît qu'une ombre.

Ce bel ouvrage est un des fruits des conquêtes de 1806. — La galerie impériale de l'Hermitage possède un tableau de Rembrant, dans lequel on retrouve beaucoup de similitude avec celui-ci, quant aux personnages ; mais il en a fait une Sainte Famille, en y introduisant des anges.

PLANCHE III.

NETSCHER (Gaspard).

LA LEÇON DE BASSE-DE-VIOLE; *peint sur bois ; hauteur quarante-neuf centimètres trois millimètres ou un pied six pouces ; largeur quarante-un centimètres trois millimètres ou un pied trois pouces.*

Une jeune dame dans un appartement, exécute sur la basse-de-viole un air que tient devant elle son maître de musique ; il suit des yeux la leçon, tandis que le jockey du musicien, le chapeau bas, tient le violon sur lequel il est dans l'usage d'accompagner ses élèves.

Sur une table sont un chevalet et diverses partitions de musique.

Ce joli tableau, ainsi qu'un autre que nous publierons incessamment, faisait partie de l'ancienne collection des rois de France ; ils ont appartenu anciennement à Amédée de Savoie.

PLANCHE IV.

POTTER (Paul).

LA FERME; *peint sur bois ; hauteur trente-neuf centimètres ou quatorze pouces ; largeur quarante-neuf centimètres trois millimètres ou dix-huit pouces.*

Près d'une ferme hollandaise ombragée par de grands arbres, Potter a peint quatre vaches, dont une est couchée, et sur le premier plan, au pied d'un arbre, deux layes avec leurs marcassins. On aperçoit sur le côté une grange délabrée, et dont les parois de bois tombent de vétusté. A gauche est une mare.

Ce précieux tableau est un de ceux où cet habile peintre est comparable, pour l'harmonie, aux plus célèbres coloristes de l'Ecole hollandaise. Ses arbres ici sont moins découpés, et son feuillage moins aride ; ils participent bien de la lumière, et le ciel est fort beau, partie ou P. Potter n'a pas toujours brillé.

Ce tableau porte la date de 1652, c'est-à-dire deux ans avant sa mort, lorsqu'il était dans la plus grande force de son admirable talent.

G. NETSCHER.

Des.^é par Plonski.   Gra.^{té} à l'Eau-forte par Chataigner.   Ter.^é p.^r Langlois, f.^{ls}

LA LEÇON DE BASSE DE VIOLE.

UNE FERME.

REMBRANDT.

Dessiné par Planche.   Gravé par Oortman.

PORTRAIT DE COPPENOL.

PLANCHE V.

REMBRANT.

LE PORTRAIT DE COPPENOL ; *peint sur toile ; hauteur un mètre dix-sept centimètres deux millim. ou trois pieds six pouces six lignes ; largeur quatre-vingt-deux centim. six millim. ou deux pieds six pouces.*

Il fallait que cet homme, comme maître écrivain, eût une sorte de renommée dans Amsterdam, et fut très-lié avec le célèbre Rembrant, pour légitimer les soins qu'il a pris de faire passer, par son burin et son pinceau, ses traits à la postérité.

Rembrant l'a non-seulement gravé deux fois, mais l'une de ses gravures les plus estimées et les plus rares, est celle connue sous le nom du *Grand Coppenol.*

Dans le portrait que nous publions, de même l'un des plus précieux de Rembrant, Coppenol est représenté assis devant un bureau, sur lequel sont des livres et des papiers ; il est vu presque de face : il est vêtu en noir ; il a au col une fraise blanche plissée, mais non empesée ; il est occupé à tailler une plume, et semble écouter une personne qui lui parle : il paraît avoir dans ce portrait environ cinquante ans, ce qui peut faire présumer qu'il fut long-tems l'ami de Rembrant, puisque, lorsqu'il le grava, il avait alors cinquante-neuf ou soixante ans.

Il paraît que Coppenol fut si glorieux qu'un si grand artiste se fût occupé de lui, que sur la feuille de papier blanc qu'il tient dans sa gravure, il écrivit en français ces deux vers bizarres, dont il est probablement l'auteur, et que nous avons relevés de l'œuvre magnifique de Rembrant que possède M. Denon, directeur général du Musée. Voici ces vers :

QUI ART A,
PARTI PART A.

Lieven Van-Coppenol.

Rarement trouve-t-on des portraits de Rembrant plus terminés que celui de Coppenol ; les mains surtout sont d'une couleur vraie comme la nature.

J'ai connu l'un des descendans de Lieven Van-Coppenol. C'était un vieillard plus que septuagénaire. Il avait une épouse à-peu-près du même âge que lui. L'un et l'autre tiraient grande vanité d'avoir eu leur ayeul peint par un aussi célèbre artiste ; c'était pour eux un titre de noblesse qu'ils avaient soin de relever toutes les fois que l'occasion s'en présentait. Il était surtout curieux de les écouter lorsqu'ils essayaient d'assimiler le talent de leur grand-père à celui du peintre dont il fut l'ami. Il ne dépendait pas d'eux que la profession du maître d'écriture ne fût mise de pair avec celle de l'artiste. Quant la conversation tombait sur la peinture, souvent le mari entreprenait l'histoire de Rembrant, que la femme interrompait bientôt pour faire celle de M. Coppenol ; si c'était le tour de la femme de rappeler le peintre, le mari de son côté s'emparait de la conversation pour entretenir les auditeurs des faits et gestes de son ayeul. Rien n'était plus plaisant que de les entendre, lorsqu'il voulaient venger la mémoire de Rembrant du reproche qu'on lui a fait, d'avoir préféré la société du peuple à celle de personnages plus relevés ; ils criaient alors à la calomnie, et citaient en témoignage de son goût pour la bonne compagnie, l'honneur qu'il avait eu d'être admis à la familiarité de M. Coppenol. Si l'envie assez naturelle de recueillir quelques détails, quelques traits de la vie de ce grand peintre, faisait hasarder à quelqu'un diverses questions à ces deux vieilles gens, ils vous répondaient par quelqu'anecdote de celle de M. Coppenol ; et vous les quittiez parfaitement au courant de tout ce qu'avait fait et dit le maître d'écriture, et très-peu instruit de ce qui concernait l'artiste.

Ils avaient une ancienne épreuve de la gravure de Rembrant, qu'ils conservaient comme une relique. Elle était si enfumée, qu'à peine en pouvait-on discerner les traits. L'estampe était encadrée dans une grande et large bordure d'ébène, disaient-ils, mais qui n'était que de bois ordinaire verni en noir : elle était couverte, non d'une glace, mais d'un verre où se trouvait en entier l'œil épais, verdâtre et convexe que l'on remarque au milieu de toutes les feuilles du verre commun. Ce chef-d'œuvre ainsi décoré, était suspendu au chevet du lit où reposaient depuis cinquante ans les deux chastes époux. La gravure avait à sa droite un grand crucifix qui surmontait un bénitier, à sa gauche quelques sacs de papiers où gissaient des couronnes du Saint-Sacrement ; enfin elle était ombragée d'un buisson de rameaux bénis. Il fallait être dans leur intimité pour pénétrer dans ce sanctuaire. Ils

Dessiné par Vauthier.   Gravé par Godefroy fils.

FESTIN DE BACCHUS.

ne vous disaient pas : Regardez, c'est une belle gravure, mais ils répé-
taient gravement : C'était un bel homme que M. Coppenol. Sa figure
a fait produire à Rembrant un chef-d'œuvre ; ses descendans étaient
dignes du pinceau de Molière.

Le beau portrait que nous avons décrit au commencement de cet
article est dû aux conquêtes de 1806.

PLANCHE VI.

FESTIN DE BACCHUS. — Bas-Relief.

M. Visconti nous apprend que Bacchus est représenté, dans cette
charmante composition, dans son caractère de *Dyonisius · Pogon* ou
l'Indien. Ce Dieu des plaisirs s'avance accompagné et soutenu par des
Faunes, des Sylènes et des Bacchantes, et se dispose à prendre place
sur un lit de table ou *Triclinium.* Un jeune Faune, presque prosterné
à ses pieds, le déchausse. Le festin est servi dans un jardin près d'une
maison de campagne, dont l'architecture est très-remarquable.

La tête, la barbe, la coiffure, l'habillement de Bacchus, dans ce
beau bas-relief, sont en tout semblables à ceux de la statue de ce
Dieu, que l'on voit dans la salle de l'Apollon, connue long-tems dans
les arts sous le nom de *Sardanapale,* par la fausse interprétation
donnée à l'inscription grecque que l'on voit gravée sur le bord du
manteau de cette figure. Ce nom grec ne désigne point que cette
statue soit le portrait de ce roi d'Assyrie, mais c'est tout simplement
une épithète que les anciens donnaient généralement à tous les hommes
livrés à la molesse et à la volupté, caractère qu'ils ont personifié par
le Bacchus barbu ou Indien.

Dans le bas-relief, aussi bien que dans la statue, ce Dieu est revêtu
d'une tunique et enveloppé d'un large manteau dont les longs plis
descendent jusques à ses talons. Ses cheveux sont ceints d'un large
diadême ou bandeau dont les bouts retombent négligemment sur le col
et les épaules. Sa barbe est longue, touffue et soignée. Sa pose, son
maintien, toute l'habitude de son corps, annoncent bien ses mœurs
efféminées et la nonchalance ordinaire aux hommes fatigués de l'abus

des plaisirs. Les personnages dont il est accompagné, sont pleins de vin, de vigueur et de santé.

Visconti remarque que plusieurs bas-reliefs antiques, consacrés au même sujet, sont parvenus jusqu'à nous, et que quelques antiquaires les ont faussement désignés sous le titre de *Festins de Trimalcion*. Il observe qu'ils eussent été garantis de cette erreur, s'ils se fussent donné la peine d'examiner, avec plus d'attention, les figures de cette composition. Ils se seraient aperçu que la plupart d'entr'elles sont représentées avec des oreilles et des queues de faune, et cette circonstance eût suffi pour leur faire abandonner leur première opinion.

Il me semble, au reste, que le style de ce bas relief est antérieur à l'époque où Pétrone écrivait. S'il est vrai que la description de ce festin de *Trimalcion* soit une satyre des débauches de Néron que Pétrone se soit permise, la mort funeste de ce poète courtisan, aussi ingénieux que voluptueux, n'aurait guère permis, ce me semble, à un sculpteur de reproduire sur le marbre, au péril de sa vie, une scène dont la peinture badine avait eu pour son auteur un résultat si terrible. Je crois que le statuaire du bas-relief original, dont on retrouvé tant de copies, a eu plutôt en vue de rappeler les *Dyonisiaques*, fêtes en l'honneur de Bacchus, instituées originairement en Egypte, et transportées en Grèce par Mélampus, où elles se célébraient avec une pompe extraordinaire, surtout à Athènes. On sait que dans ces solemnités ou processions, des hommes paraissaient déguisés en Silènes, en Pans, en Satyres, et se faisaient remarquer par mille gestes bizarres. Ces hommes se retrouvent dans ce bas-relief que nous décrivons, ce qui me semble lui donner quelqu'analogie avec ces sortes de fêtes.

EXAMEN
DES PLANCHES.

PLANCHE PREMIÈRE.

CORRÈGE (Antoine Allegri dit le).

JUPITER ET ANTIOPE ; *peint sur toile ; hauteur un mètre quatre-vingt-dix centimètres cinq millimètres ou cinq pieds neuf pouces ; largeur un mètre quatorze centimètres ou trois pieds neuf pouces.*

Voici l'un des plus célèbres et des plus beaux tableaux que l'art de la peinture ait produit en Italie; c'est peut-être le chef-d'œuvre de l'Ecole lombarde.

Antiope, selon Pausanias, était fille de Nictéus, roi de Thèbes. Sa beauté la rendit fameuse dans toute la Grèce. L'enthousiasme que ses charmes inspirèrent, fit supposer qu'un sang royal n'avait pas suffi pour produire un être si parfait, et la Fable lui donna pour père le fleuve Asope, dont les flots arrosaient les terres de Platée et de Thèbes. Son orgueil était égal à ses attraits. Elle s'abandonna à l'amour d'un jeune homme; mais pour anoblir jusqu'à sa faute, elle feignit que cet amant était Jupiter même.

Quoiqu'il en soit, ce moment d'erreur fut la source de tous ses malheurs. Obligée de fuir la colère de son père Nictée, elle se réfugia à la cour d'Epopée, roi de Sicyone. La vengeance de Nictée l'y poursuivit. Cette guerre coûta la vie à son père et à son époux. Elle fut continuée par Licus, son oncle. La malheureuse Antiope tomba entre ses mains, et en retournant chargée de fers à Thèbes, elle mit au monde deux fils, Zéthus et Amphion. Licus mit sa prisonnière sous la garde de Dircé, son épouse. Elle en fut traitée avec une cruauté sans exemple. Enfin elle parvint à s'échapper, rejoignit ses enfans, et par le récit des maux qu'elle avait soufferts, excita leur vengeance. Ils mirent le siége devant Thèbes, s'en emparèrent, et tuèrent Licus et Dircé. Bacchus, qui protégeait cette femme, pour expier sa mort, livra Antiope à la démence.

C'est la passion fabuleuse de Jupiter pour Antiope que le Corrège a voulu représenter dans ce tableau. Cette passion du maître des dieux n'est pas encore satisfaite. Le peintre a supposé que Jupiter a pris la forme d'un satyre ; qu'il a trouvé Antiope profondément endormie dans le fond d'une forêt ; que d'une main indiscrète il a soulevé le voile qui la couvrait, et que déjà il s'enivre de désirs en parcourant de l'œil tant d'appas. Le peintre a donné un arc et des flèches à Antiope, et a placé à ses côtés l'Amour, qui comme elle s'abandonne à toutes les douceurs du sommeil, et repose sur une peau de lion, emblême de l'empire que ce Dieu exerce sur le monde.

Il est permis de remarquer que ce grand artiste n'a pas très-bien médité son sujet, et que sans doute il ne fit qu'une étude superficielle de la fable qu'il voulut traiter ici. Pourquoi donner un arc et des flèches à Antiope ? N'a-t-il pas été trompé par le nom, et ne l'a-t-il pas confondue avec cette Antiope, reine des Amazones, qui charma Thésée, et lui donna pour fils cet Hyppolite, que les vers de Racine ont plus immortalisé sans doute que sa naissance héroïque ? Pourquoi prêter à Jupiter la figure d'un satyre, tandis qu'il était le maître de choisir une apparence plus séduisante ? En lui prêtant ce masque, il a prétendu peut-être exprimer par une critique ingénieuse l'avide et indiscrète curiosité de ce Dieu. Mais comment n'a-t-il pas conçu que si Antiope vient à s'éveiller, l'effroi qu'elle éprouvera sera le premier, et peut-être l'inévitable obstacle que la flamme de Jupiter ne pourra sans doute vaincre ? A-t-il ignoré d'ailleurs que la version d'Homère rendait cette métamorphose insignifiante et inutile, puisque, selon ce grand poète, Antiope se vantait d'avoir dormi entre les bras du souverain des Dieux, et de tenir de son amour ses deux fils Zéthus et Amphion ? Jupiter s'était donc présenté à elle avec tout l'éclat de sa majestueuse beauté, et non sous les traits agrestes d'une divinité des bois. Pourquoi encore cet Amour endormi ? Si jamais ce dieu malin doit être éveillé, c'est à coup-sûr à l'instant où son pouvoir unit le maître du tonnerre à la créature la plus parfaite. C'est bien là l'un des actes le plus signalé de sa puissance, à moins que ce grand peintre n'ait voulu faire entendre que l'action passionnée de ce satyre est étrangère à la délicatesse ordinaire au fils de Vénus.

Quelque naturelles que soient ces réflexions, elle ne portent que sur la manière dont le Corrège a envisagé son sujet, et ne peuvent nuire au charme inconcevable qu'il a répandu sur l'exécution et l'expression. Le Corrège s'est arrêté à la manière qui lui a paru la plus propre à développer son magnifique talent. Antiope entièrement nue, a l'un de ses bras placé au-dessus de sa tête charmante, que décorent de longs cheveux blonds, dont les boucles descendent en roulant sur ses épaules d'albâtre ; l'autre bras repose nonchalamment sur son arc. Il est impossible de rendre avec un art plus parfait et la profondeur du sommeil et la fatigue qui l'a précédé et amené. L'expression du satyre est d'une vérité également admirable. A sa figure, à ses mouvemens, à son geste, on reconnaît la crainte extrême qu'il ressent qu'Antiope ne se réveille, et le plaisir que lui cause la vue de tant de charmes.

Il est donc vrai que s'il règne en effet quelqu'obscurité dans la partie historique de cette scène, il n'est aussi qu'une voix sur le parti brillant que le Corrège en a tiré. Dire que ce tableau est un des plus beaux du monde; qu'il n'est comparable qu'au célèbre tableau du même peintre, connu sous le titre du *Saint-Jérôme* du Corrège, s'il ne lui est supérieur (toute comparaison à l'égard de ce divin artiste ne pouvant avoir lieu qu'avec lui-même), c'est ce que la longue étude que nous avons faite de ce peintre inimitable nous autorise à avancer. Ici tout est grand, et sans s'appesantir sur la pureté des formes et des contours, la grâce y est répandue avec tant de charmes, la couleur y est si vraie et produit une telle illusion, que si ce tableau était placé dans un salon artistement éclairé par un jour mystérieux, on craindrait de troubler le repos de cette femme charmante.

Le peintre Mengs, ce critique si souvent rigoureux, à qui l'on doit cependant une notice intéressante de la plupart des ouvrages du Corrège, n'a pas, selon toute apparence, connu celui-ci. Il en eût parlé avec l'enthousiasme que lui inspirait cet homme extraordinaire, honneur qu'il a fait à bien peu de peintres, et qu'il semble n'avoir réservé qu'à cet inimitable magicien, créateur, pour ainsi dire, de la peinture dans sa patrie, et que nul artiste n'égala sous le rapport des grâces et du coloris.

Ce bel ouvrage faisait partie de la collection des rois de France.

PLANCHE II.

ALBANE.

SAINTE FAMILLE ; *peint sur cuivre ; hauteur cinquante-sept centim. trois millimètres ou vingt-un pouces ; largeur trente-huit centimètres huit millimètres ou quatorze pouces.*

L'OBJET principal que l'Albane a eu en vue dans cet ouvrage, a été de représenter la naïve et intéressante union de l'Enfant Jésus et du petit Saint Jean. La Vierge et Sainte Elisabeth soutiennent ces deux enfans. Jésus est entièrement nu. Il est presque debout sur son berceau, d'où sa mère vient de le tirer. Saint Jean, son aîné, et par conséquent un peu plus grand, est agenouillé sur ce même berceau. Ses épaules sont simplement couvertes d'une peau d'agneau. Il s'appuie sur une croix qu'il tient religieusement embrassée. Rien de plus aimable que ces deux jolis êtres ; rien de plus touchant que l'innocente caresse de l'Enfant Jésus, et que la douce modestie avec laquelle le petit Saint Jean la reçoit. La Vierge paraît surveiller attentivement à tous leurs mouvemens, et ne prêter qu'une oreille distraite aux paroles que Sainte Elisabeth lui adresse, et qui, plus rassurée par l'âge de son fils, semble moins alarmée pour lui. Saint Joseph, assis et appuyé sur une table champêtre, a suspendu sa lecture. Il contemple ces deux enfans et médite sur les évènemens futurs, annoncés par cette union du Messie avec son précurseur. Le peintre a placé derrière la Vierge deux Anges, témoins religieux de cette entrevue, tandis que deux Chérubins planent dans les airs et effeuillent des fleurs sur la tête du Sauveur du monde.

Cette scène se passe sous les ruines d'un portique. A travers les colonnes, on aperçoit une riante et fertile campagne.

Dess.é par J. le Roy.   Grav.é à l'eau forte p.r Chataigner.   Term.é par Villerey.

S.te FAMILLE.

LE CAMOUFLET.

Cette composition est ingénieuse, et les expressions des personnages en général sont vraies et bien senties; mais sous le rapport de l'exécution, il se ressent de l'âge avancé où l'Albane le produisit. L'on n'y retrouve ni la fermeté, ni la couleur de son bon tems.

Ce tableau faisait partie de la collection des rois de France.

PLANCHE III.

KALF (GUILLAUME), né à Amsterdam vers l'an 1630, mort en 1693; élève d'HENRI POT.

LE CAMOUFLET; *peint sur bois ; hauteur trente-cinq centimètres ou un pied deux pouces ; largeur cinquante-deux centimètres ou un pied sept pouces.*

A la porte d'une grange où se sont arrêtés quelques militaires, l'un d'eux tenant encore d'une main le pot de bierre qui a servi à les désaltérer, s'est endormi. Un de ses camarades lui place sous le nez un camouflet, et par cette espièglerie excite le rire de quelques villageois présens, et attire l'attention d'une servante occupée à mettre sur le feu un chaudron.

Il est rare de rencontrer une scène composée de ce peintre; il s'était restreint à peindre des ustensiles de cuisine, et dans ses tableaux il n'introduisait communément qu'un seul personnage, encore le mettait-il dans l'ombre. Son talent était de représenter avec une vérité extrême tous les meubles de ménage. Il y excellait si parfaitement, que ses tableaux, quoique dénués d'intérêt local, furent recherchés avec avidité pendant sa vie, et sont même encore placés avec honneur dans les plus beaux cabinets. Il est impossible, il est vrai, de peindre avec plus de charme et de finesse que cet artiste, aussi ses tableaux jouissent-ils d'une haute estime dans les arts.

Kalf, élève d'un peintre d'histoire, aurait pu étendre plus loin ses prétentions, et l'on en peut juger par le tableau que nous publions, où la pantomime est très-bien observée et l'expression fort juste ; il était d'ailleurs très-instruit, et l'on rapporte qu'il mettait tant de charmes dans ses récits et sa conversation, que souvent il faisait oublier le sommeil aux personnes qui prenaient plaisir à l'écouter.

Cet habile homme mourut d'une chûte qu'il fit en passant sur un pont. Ce charmant tableau est dû aux conquêtes de 1808.

PLANCHE IV.

BLOEMEN (JEAN-FRANÇOIS VAN) dit L'HORIZONTE, florissait à la fin du dix-septième siècle.

UN PAYSAGE; *peint sur toile ; hauteur un mètre ou trois pieds , largeur un mètre trente-trois centimètres trois millimètres ou quatre pieds trois pouces.*

L'AUTEUR de ce tableau naquit à Anvers en 1666. Malgré cette origine flamande, ce peintre est compris dans l'Ecole d'Italie. L'on ignore sous quels maîtres il se forma. Il est possible et présumable même qu'il dut tout à ses propres dispositions et au spectacle de la nature. Les premiers tableaux qu'il exécuta, très - jeune encore, après son arrivée à Rome, lui firent beaucoup d'honneur, et lui valurent, de la part de ceux qui composaient ce que l'on appelait alors la bande académique, le surnom d'*Horizonte*, comme paysagiste, et surtout aussi à cause du talent et de l'intelligence avec lesquels il dégradait tous les plans de ses tableaux. Cette bande académique s'éteignit insensiblement ; Van Bloemen survécut à tous ses compagnons, et quand il mourut, en 1740, il était le seul existant de cette société.

Le paysage que nous publions ici représente des pâtres ; leurs troupeaux paissent sur les bords d'un ruisseau, dont le cours arrose et divise le site. On aperçoit une ferme près de laquelle des voyageurs se sont arrêtés. Sur un plan plus reculé, le peintre a placé des maisons surmontées par des tourelles. Une chaîne de montagnes couronne l'horizon.

Dans la notice du Musée, ce joli tableau est attribué à Lucatelli, et celui qui lui sert de pendant est donné à Van Bloemen. Ces deux tableaux sont évidemment de la même main, et ce motif nous a déterminés à reconnaître Bloemen dans celui que nous décrivons. Nous ne prétendons pas cependant décider la question. Ce qu'il y a toutefois de certain, c'est que tous deux sont de Lucatelli, ou que l'un et l'autre appartiennent à Van Bloemen.

Peint par Grégoire.   Gravé à l'eau-forte par De Ghendt.   Terminé par Bovinet.

UN PAYSAGE.

UN PORT HOLLANDAIS.

Ce peintre imita d'abord la manière de Van der Kabel. Dans la suite, suivant Descamps, il se rapprocha davantage de la nature. Il a peint diverses vues de Tivoli. Il excellait surtout à représenter des chûtes d'eau, les vapeurs humides qui s'exhalent des cascades, les effets de l'arc-en-ciel, de la pluie, des brouillards. Ses ouvrages, même de son vivant, se vendirent fort cher, et tiennent un rang honorable dans les cabinets des amateurs. Ce peintre vécut jusqu'à un âge fort avancé.

PLANCHE V.

GOYEN (JEAN VAN).

UN PORT HOLLANDAIS; *peint sur bois; hauteur quarante-huit cen-* *timètres cinq millimètres ou un pied cinq pouces six lignes; largeur* *cinquante-sept centim. trois millim. ou un pied onze pouces.*

EN publiant précédemment un autre tableau de cet artiste, nous avons déjà rendu justice à sa facilité. Nul autre en effet ne composa mieux le paysage, et ne sut avec plus d'habileté choisir le point de vue le plus favorable pour le faire valoir. Celui-ci en est la preuve.

L'extrémité d'un village et un canal, voilà toute cette composition; cependant elle intéresse, elle attache par la beauté des lignes et la naïveté de l'exécution. On découvre dans le lointain un bourg et quelques barques qui navigent sur le canal. Sur le devant, il a placé une tour couverte et octogone; c'est le bâtiment des douanes.

Il est dommage que ce tableau ait perdu de sa couleur; ce n'est plus aujourd'hui qu'une grisaille pour ainsi dire. Le bleu de Haarlem que ce peintre employait pour composer ses verds a totalement disparu.

On doit cet ouvrage aux conquêtes de 1806.

PLANCHE VI.

APOLLON AU LÉZARD. — STATUE.

IL existe un très-grand nombre de statues d'Apollon *Sauroctonos*, ou tueur de lézard. Toutes sont présumées des répétitions ou des copies de la célèbre figure exécutée par Praxitèles, et que Pline cite dans l'énumération qu'il fait des ouvrages de ce fameux statuaire.

Winkelman a publié cette statue dans ses Monumens antiques
inédits, N.º 4o. Ce savant antiquaire pense que cette figure représente
Apollon dans la condition pastorale, lorsque très-jeune encore il fut
exilé de l'Olympe pour avoir tué le cyclope Stérope, et contraint de
se réfugier chez Admète, roi de Thessalie, dont il garda les troupeaux.
Le même savant cite une épigramme de Martial, relative à une figure
semblable que ce poète avait sans doute vue, et par laquelle il désigne
parfaitement son action. La voici :

Ad.te reptanti, puer insidiose, Lacertæ
Parce : cupit digitis illa perire tuis.

Martial, L. XIV, Epig. 172.

La statue de Praxitèles était donc pareille en tout à celle que nous
publions ici, et cette assertion est d'autant plus probable, que l'on
retrouve dans celle-ci des parties dont la forme démontre évidemment,
par leur exécution, qu'elle a été copiée d'après un bronze. La séche-
resse que l'on remarque dans le bras appuyé contre l'arbre, dans la
tête, dans le dos de la figure, autorise du moins à avancer cette opinion.

Comme pose, rien n'est plus naïf. Le torse est d'une souplesse admirable, et d'une nature parfaitement appropriée à l'âge que devait
avoir alors ce Dieu. Il serait à desirer que les pieds fussent d'une forme
plus délicate. Apollon, quoique réduit à garder les troupeaux, n'a rien
perdu de sa divinité ; et les pieds de cette figure appartiennent davantage à un pâtre de profession qu'au Dieu du Pinde et des Arts.

Ce bel antique est le premier objet que nous publions de la magnifique collection de la galerie Borghèse, récemment acquise par Sa
Majesté l'Empereur et Roi, et dont elle a daigné enrichir la France.
Que d'actions de graces les arts doivent rendre au monarque non moins
éclairé que puissant, dont les hautes conceptions présidant aux destinées
de l'Europe et du monde, trouvent encore au milieu de si vastes in-
térêts, des momens pour assurer à son peuple des moyens d'étude et
des jouissances nouvelles.

Faute à corriger dans la soixante-neuvième livraison.

Page 5, *Portrait de Coppenol*, dans les vers : *au lieu de* Parti part a, *lisez :*
QUI ART A
PARTOUT PART A.

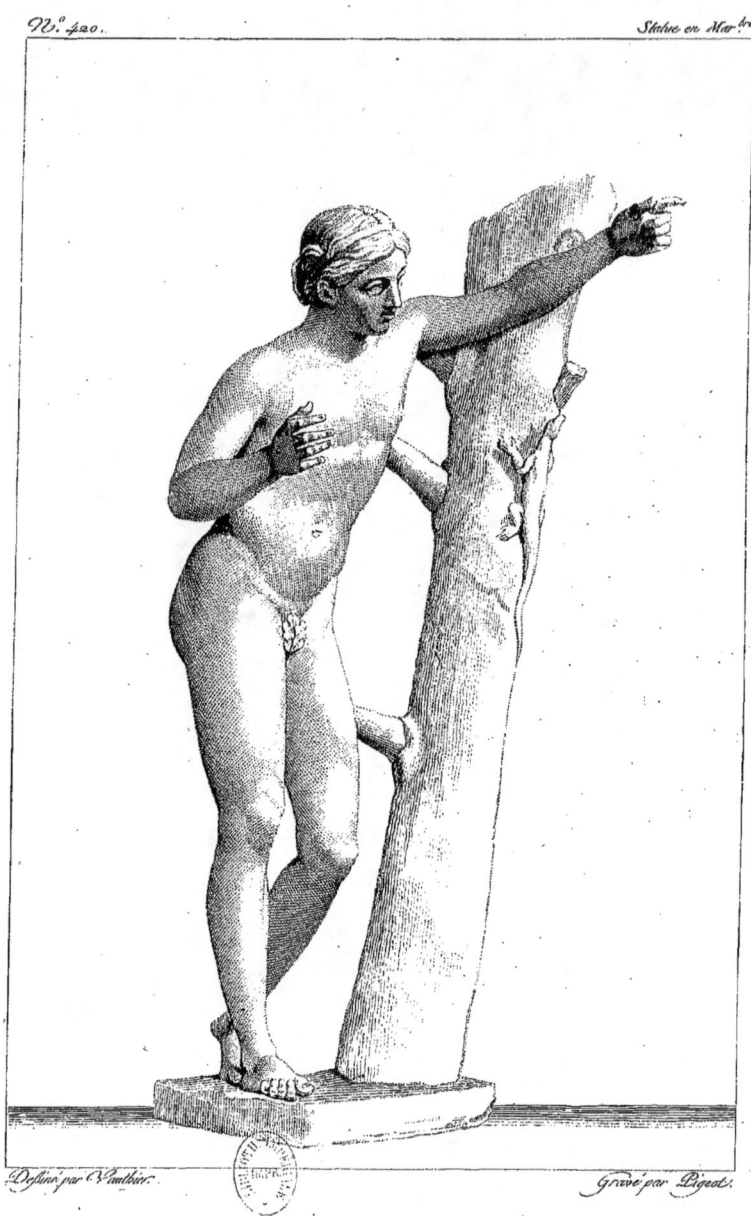

APOLLON AU LÉZARD.

Def.^é par Bourdon.   Grà^é à l'eau-forte par Queserda.   Ter.^é par Niquet.

S.^T BRUNO REFUSE LA MITRE D'ARCHEVÊQUE.

EXAMEN

DES PLANCHES.

PLANCHE PREMIÈRE.

LE SUEUR (Eustache).

SAINT BRUNO REFUSE LA MITRE D'ARCHEVÊQUE ; *peint sur toile ; hauteur deux mètres ou six pieds ; largeur un mètre trente-trois centimètres trois millètres.*

Otton ou Oddon, né à Châtillon sur Seine, religieux de l'ordre de Cluny, parvint au trône de Saint-Pierre le 12 Mars 1088, et prit le nom d'Urbain II. Il avait eu pour professeur dans sa jeunesse, à l'école de Rheims, le célèbre Saint Bruno. Quand Otton fut élevé aux honneurs suprêmes, son maître lui revint en mémoire, et il désira l'avoir auprès de lui, comme l'un des hommes dont il estimait le plus la sagesse et dont les avis pouvaient lui être le plus utiles dans l'art de gouverner. Saint Bruno ne put résister aux instances du souverain pontife, et se rendit à Rome; mais, étranger à la cour, trop simple dans ses mœurs pour s'accoutumer à celles des grands, trop franc pour se plier à la duplicité des courtisans, trop modeste pour s'enorgueillir du crédit dont il jouissait, il se dégoûta bientôt d'un genre de vie si opposé à ses goûts, et supplia le Pape de lui permettre de se retirer dans les déserts de la Calâbre, où son intention était de fonder une nouvelle chartreuse.

Urbain II, mesurant toute l'étendue de la perte qu'il allait faire, employa, mais vainement, tous les moyens pour retenir Saint Bruno. Quand il vit qu'il lui était impossible de vaincre sa résistance, il voulut au moins lui donner une grande marque de son estime en le nommant à l'archevêché de Reggio, dont le siège venait de vaquer, afin que dans la Calàbre qu'il allait habiter, le Saint put ajouter à l'autorité de ses vertus celle de la dignité archiépiscopale.

Tel est le trait historique où le célèbre Le Sueur a puisé le sujet du tableau que nous allons décrire.

Urbain II, assis sur son trône, et entouré de quelques prélats, vient de faire appeller Saint Bruno pour lui donner son audience de congé. Saint Bruno s'est prosterné aux pieds du Souverain Pontife: alors ce Prince lui présente la mitre que l'on voit placée sur une table couverte d'un tapis. Saint Bruno, étonné de cette offre inattendue, refuse avec humilité cette haute dignité; les prélats, témoins de ce grand acte d'abnégation chrétienne, se regardent entr'eux, et leurs regards expriment l'admiration que leur inspire la modestie de ce refus.

La pantomime de cette scène est admirable; elle ne laisse rien à désirer pour la clarté du sujet. La figure de Saint Bruno est un chef-d'œuvre d'expression et de noblesse; ses yeux baissés, la mélancolie religieuse empreinte sur tous les traits de son visage, le mouvement si noble de sa main droite qui semble repousser sans ostentation la mitre qu'on lui propose; le geste expressif de sa main gauche qui indique si bien qu'il se juge indigne d'un aussi grand honneur, et incapable de porter un semblable fardeau; l'élégance de la pose, la dignité répandue sur toute l'habitude de son corps, tout annonce un sentiment profond, une longue méditation, une grande élévation de pensée dans le peintre; tout est rendu avec cette naïveté exquise que ce célèbre artiste posséda seul à un si haut degré. On ne peut voir cette figure sans être pénétré de vénération pour le personnage qu'elle représente. C'est là l'impression que l'artiste a voulu et dû produire, et les succès en ce genre n'appartiennent qu'à la sublimité du talent.

Il était, dans cette composition, un danger à éviter; c'était que l'on ne se méprît sur le sentiment que fait éprouver à Urbain le refus de Saint Bruno. La plus légère distraction, un mouvement de l'un des spectateurs mal calculé, pouvaient répandre de l'équivoque sur cette situation. Le Sueur a évité cet écueil. Ici rien ne peut faire

HERCULE ENTRE LE VICE ET LA VERTU.

soupçonner que le Pape soit offensé de ce refus; sa contenance est calme, sa figure est sévère, mais nuls de ses traits n'indiquent le ressentiment : ce calme est partagé par tous les acteurs de cette belle scène, et si le Pape témoignait quelque colère, leurs regards, leurs gestes, leur attention, prendraient un tout autre caractère.

On a reproché à ce tableau quelques fautes de dessin, telles, entr'autres, que la pose indécise du jeune homme que l'on aperçoit derrière Saint Bruno; mais si l'on daignait se rappeler que les vingt-quatre tableaux dont se compose cette belle suite connue sous le nom de Cloître des Chartreux dont celui-ci faisait partie, ont été exécutés dans le court espace de trois ans, on serait étonné que ces incor-rections ne fussent pas plus multipliées : d'ailleurs, si quelques négli-gences ont pu lui échapper, n'est-il pas possible aussi que dans les restaurations que ces tableaux ont subies, les mal-adresses des repeints aient altéré, changé, dénaturé enfin le trait primitif de cet habile homme, dont le dessin, sans être d'une grande pureté, était cependant presque toujours correct et élégant?

Ce tableau se voit aujourd'hui dans les galeries du Sénat-Conservateur.

PLANCHE II.

CARRACHE (ANNIBAL).

HERCULE ENTRE LE VICE ET LA VERTU; *peint sur toile; hauteur trente-huit centimètres sept millimètres ou quatorze pouces; largeur quarante-huit centimètres ou dix-sept pouces six lignes.*

BELLORI, dans son ouvrage intitulé : *Le Vite de Pittori Moderni,* a décrit, avec beaucoup de détails, quelques tableaux d'Annibal Carrache. Il en cite un entr'autres qu'il intitule HERCOLE BIVIO, dont celui que nous publions parait être une répétition en petit, mais parfaitement exacte. Voici comme s'exprime Bellori :

„ Le sophiste Prodicus, dit-il, dans les leçons qu'il donnait à la jeunesse, voulut, par une allégorie ingénieuse, donner à ses disciples une idée des combats que la raison et les sens se livrent dans cet âge malheureusement si sujet aux séductions. Il feignit donc qu'Hercule,

au sortir de l'adolescence, flottait incertain entre son cœur qui le
sollicitait aux plaisirs, et son ame dont l'élévation le portait vers les
grandes actions ; et pour mieux faire comprendre l'état d'anxiété ou
cette situation d'esprit le plongeait, il supposa que ce héros se trouvait
entre deux femmes, la Vertu et la Volupté, et que toutes deux dé-
ployaient successivement tout leur art pour le déterminer à les suivre.
C'est de cette idée poétique dont le Carrache s'est emparé, et sur
laquelle il a répandu tous les charmes de la peinture.

« Il a représenté Hercule jeune encore, continue Bellori ; il est assis
sur un rocher ; il s'est arrêté entre deux chemins ; incertain sur celui
qu'il doit suivre, l'indécision où il est agite son esprit et le rend
pensif. Il est appuyé sur sa redoutable et noueuse massue ; sa jambe
droite est retirée et posée sur la pierre, tandis que la gauche reste
allongée. L'historien remarque avec raison que le peintre a su exprimer
avec beaucoup d'art que ce n'est point à la fatigue qu'Hercule a cédé
en se reposant, mais à l'agitation qu'il éprouve. Il prête une oreille
attentive mais indécise aux discours de deux femmes que l'on voit
à ses cotés ; l'une, presque vue de face, lui montre un sentier étroit
et raboteux qu'il faut suivre pour gravir une montagne escarpée, mais
dont la cime est couronnée de verdure et de jardins délicieux ; la
figure de cette femme est majestueuse et sévère, et n'a d'autres ornemens
que ses cheveux, dont les tresses retombent négligemment sur son
dos. D'une main elle soulève une partie de son vêtement pour marcher
plus facilement dans le sentier vers lequel elle semble déjà s'avancer ;
son autre bras, entièrement nud, mais fort et vigoureux, indique à
Hercule la cime de la montagne comme le terme de sa course. Elle
semble lui dire : Lève-toi, suis-moi, triomphe de toutes les fatigues,
et tu parviendras au rang des immortels. L'autre femme, vêtue avec
grâce, les épaules découvertes, élégamment drapée d'une gaze légère
dont la transparence laisse apercevoir des formes séduisantes, montre
à Hercule la route des plaisirs, large, facile, unie, semée des fleurs
du printems et parfumée d'ambroisie ; et par un sourire tendre et
voluptueux, essaye d'irriter les désirs du héros. Il écoute attentivement
ces deux femmes, mais son regard ne s'arrête ni sur l'une ni sur
l'autre, et cependant à l'expression de ses traits, il est permis de
présumer que ce sera la Vertu qui triomphera. Aux pieds de celle-ci
et dans l'angle du tableau, le peintre a placé une figure entièrement

D. TENIERS.

L'INTÉRIEUR D'UN ESTAMINET.

nue, que l'on ne voit que jusqu'à mi-corps, c'est celle d'un poète couronné
de lauriers; il tient un livre ouvert dans lequel il s'apprête à inscrire
les grands travaux d'Hercule. Le peintre, comme le remarque Bellori,
a ingénieusement placé derrière le héros un palmier, contre lequel
il a le dos appuyé, présage heureux que l'amour de la gloire l'em-
portera bientôt sur celui des voluptés.

Ce tableau, décrit par Bellori, décorait une des salles du palais
Farnèze à Rome, et l'on voit que pour l'invention, la composition et
l'expression, il est en tout pareil à celui que nous présentons ici.

Celui-ci est dû aux conquêtes de 1806.

PLANCHE III.

TENIERS (DAVID).

INTÉRIEUR D'UN ESTAMINET; *peint sur bois; hauteur cinquante-*
quatre centimètres sept millimètres ou vingt pouces; largeur soixante-dix
centimètres sept millimètres ou deux pieds deux pouces.

Sur le devant de ce tableau, et dans l'intérieur d'une grande chambre
rustique, on voit un groupe de quatre villageois et une femme. Deux
de ces hommes jouent aux cartes sur une planche posée sur un tonneau.
L'attention marquée du joueur assis sur une chaise, une sorte de cupidité
avide et chagrine peinte dans ses regards, les yeux des trois spectateurs tournés vers lui, curieux de connaître le résultat qu'aura cette
partie, tout semble annoncer que le coup est important. L'indifférence
de son partenaire contraste bien avec l'air occupé de celui-là. Peut-
être est-il habile à corriger la fortune. Ses moustaches, la vieille plume
qu'il porte à son chapeau, sa mise un peu plus recherchée, indiquent
un vieux soldat: *C'est un homme,* si j'ose me servir de l'expression
populaire, *c'est un homme qui a roulé.* La vieille femme tient un pot
de bierre. Elle attend que le coup soit consommé pour en offrir aux
joueurs. Derrière ce groupe, un valet ou le maître de l'estaminet
marque avec de la craie la dépense que font ces joueurs.

Une autre scène se passe dans le fond. Une mère, au milieu de sa
nombreuse famille, est assise devant une vaste cheminée où brûle
un grand feu. Un homme assez bien vêtu, regarde cette famille avec

intérêt, tandis qu'il donne quelqu'argent à un vieillard qui entre et
tient une cruche. A l'attitude respectueuse du vieillard, cet homme est
un bienfaiteur de la famille; c'est peut-être le seigneur du village.

Sur le devant du tableau, le peintre a placé un gros chien de basse-
cour. Il est totalement isolé. Teniers a donné à cet animal une sorte
d'air de réflexion, qui faisait dire plaisamment au spirituel et ingénieux Fragouard, que ce chien était le seul philosophe parmi ces
personnages. Teniers a-t-il voulu faire par-là la critique de la brutale
passion de ces hommes pour la boisson et pour le jeu, qui les ravale
au-dessous de la brute?

Ce charmant tableau vient d'une collection particulière de Paris.

PLANCHE IV.

RUISDAEL (JACQUES).

VUE D'UN TORRENT; *peint sur bois; hauteur un mètre deux centim.
quatre millimètres ou trois pieds un pouce; largeur quatre-vingt-huit
centimètres.*

DANS un paysage dont le site présente des rochers couverts d'arbres
et de masures, un torrent occasionné par d'abondantes pluies ou
la fonte des neiges, forme, en se précipitant, plusieurs cascades. On
aperçoit dans le haut une vieille tour gothique; c'est la retraite de
quelque seigneur féodal. Sur un plan inférieur, on voit une chaumière
délâbrée. Plus bas, trois villageois arrêtés près d'un petit pont de
bois causent ensemble; probablement accoutumés au bruit effrayant
que fait la chûte de ce torrent, ils paraissent peu s'en occuper.

Ce beau tableau, d'un effet très-piquant et d'un goût charmant,
ornait jadis la belle galerie de Cassel. Il est d'une conservation parfaite.

No. 424.   Eco.^{le} Flam.^{de}

Des.^é par Grégorius.   Grä.^é à l'eau-forte par Dévilliers J.^r   Ter.^é par Niquet.

VUE D'UN TORRENT.

N.º 425.

P.co.le.Plan.do

Del. par S. les Roy.   Grav. à l'eau forte par Réville.   Termi. par Oortman.

UN CHASSEUR.

Dessiné par Vauthier.   Gra.º por fil.º Massard.

HYGIE.

PLANCHE V.

FABRICIUS (Karle).

UN CHASSEUR; *peint sur toile ; hauteur soixante-neuf centimètres ou deux pieds un pouce ; largeur cinquante-sept centimètres trois millim. ou vingt-un pouces.*

Il est assis, tient son fusil sur ses genoux, et paraît assoupi par la chaleur. Le fond représente une fabrique, sur laquelle on remarque en bas-relief, Saint Antoine suivi de son cochon. Ce tableau porte la date de 1654.

Il n'y a nul doute que ce tableau n'ait été exécuté en Italie; le genre de fabrique, la chaleur du jour appartiennent au climat.

Les ouvrages de ce peintre célèbre étaient très-peu connus en France avant la conquête de 1806. Il est certain, d'après cela, que plusieurs productions de cet habile homme auront été attribuées à d'autres peintres. Nous en donnerons pour preuve que la signature de celui-ci, à son arrivée à Paris, était cachée sous un repeint, que la restauration a fait disparaître. Il est possible qu'avant cette découverte, on ait donné ce tableau au Murillo.

Nous aurons occasion encore de parler de ce peintre, le Musée ayant été enrichi de trois de ses tableaux.

PLANCHE VI.

DOMITIA sous la figure d'HYGIE, Déesse de la Santé.

STATUE.

La tête de statue est évidemment un portrait; cette tête n'a point été rapportée, et c'est bien celle que cette figure a porté primitivement; ainsi le caractère que le sculpteur a donné à son ouvrage est une allégorie qu'il a prétendu faire à quelques-unes des qualités de la personne qu'il voulait représenter. Si cette statue est celle de l'Impératrice Domitia, comme le pensent quelques habiles antiquaires, il faut convenir que la flatterie la plus outrée a présidé à cette allégorie. Il est difficile d'associer les idées qui font naître les vertus de la déesse de la Santé avec celles qu'inspire la conduite de Domitia. L'excès du libertinage le plus effréné ne s'accorde guère ce me semble avec la tempérance commandée par Hygie; et les vœux que l'on adresse à cette Divinité sont un peu différens de ceux que l'on mettait sans doute aux pieds de Domitia.

Fille du célèbre *Corbulon*, cette princesse faisait gloire de ses débauches. Elle s'en vantait avec tant d'audace, qu'ayant été accusée d'inceste avec *Titus*, son beau-frère, et s'en étant purgée par serment, personne ne douta de sa sincérité, par la connaissance intime que l'on avait de son effronterie ordinaire à donner de la publicité à ses intrigues amoureuses. Domitien l'enleva à son époux *Lucius Ælius Lamia*; mais offensé et jaloux de ses liaisons scandaleuses avec un histrion nommé *Páris*, il la répudia. Ce Páris n'était d'abord qu'un misérable esclave que Domitia, aveuglée par sa passion, avait affranchi, et qui, soutenu par son crédit, s'introduisit à la cour de Néron, où l'emploi de ce saltinbanque fut pendant quelque tems d'amuser, par ses bouffonneries, ce prince pendant ses orgies. Il passa ensuite au théâtre, où il brillait, lorsque Domitien parvint au trône. Ce fut ce misérable qui eut assez de puissance pour faire exiler Juvénal, parce que ce poète lui avait déplu. Malgré les dérèglemens de Domitia, l'amour que Domitien avait pour cette femme lui fit reprendre quelque tems après. Domitia, alarmée des dangers où l'exposait la jalousie de ce prince, entra dans la conjuration de *Parthenius* et d'*Etienne*, et les aida à lui ravir la vie. Elle mourut sous le règne de Trajan. Telle fut la femme que l'on représenta sous les emblèmes d'Hygie.

Quoiqu'il en soit, c'est l'ouvrage d'un habile statuaire. L'exécution en est parfaite. Cette figure tient un patère qu'elle présente au serpent, simbole de la vie. Le musée en doit la possession aux conquêtes de la grande armée.

EXAMEN
DES PLANCHES.

SOIXANTE-DOUZIÈME LIVRAISON.

PLANCHE PREMIÈRE.

RAPHAEL (D'URBIN).

LA VIERGE dite LA BELLE JARDINIÈRE ; *peint sur bois, cintré ; hauteur un mètre seize centimètres trois millimètres ou trois pieds sept pouces six lignes ; largeur quatre-vingt-seize centimètres ou deux pieds onze pouces.*

CE tableau n'est pas certainement l'un des plus capitaux de ce célèbre peintre ; cependant c'est un de ceux dont les artistes, les véritables connaisseurs, les gens du monde même, recherchent la vue avec le plus d'empressement. Quel est donc le charme qui les attire vers lui ? Ce ne peut être celui de la couleur. Une foule de productions des Écoles vénitienne et flamande, comme le remarque avec sagesse l'un de nos amateurs les plus éclairés, M. Morel d'Arleu, une foule, dis-je, de ces productions l'emporte à cet égard sur la Belle Jardinière. Serait-ce la correction et la partie du dessin ? Mais combien de tableaux romains et florentins rivalisent en ce genre avec celui-ci. La composition est remarquable par son aimable simplicité ; mais enfin elle n'a rien de neuf, ni rien de préférable à celle de mille autres tableaux consacrés à représenter des Saintes Familles. Quel est donc le motif de la prédilection que l'on semble en général lui accorder ? N'en cherchons point la cause ailleurs que dans cet attrait attaché à l'imitation parfaite de la nature, à cette grâce, cette naïveté d'expression toujours si voisine de la sublimité, à cette candeur vraiment virginale empreinte sur la figure de cette femme, à cette innocence céleste répandue sur ces deux jolis enfans.

Au milieu d'une prairie jonchée pour ainsi dire de fleurs, la Vierge, assise sur un rocher, tient le petit Jésus par le bras gauche, et d'une main maternelle le presse amoureusement contre ses genoux. L'aimable enfant a posé ses deux petits pieds sur celui de sa mère. Le petit Saint Jean, simplement vêtu d'une peau d'agneau, agenouillé à la gauche de la Vierge, s'appuie sur le symbole de la rédemption, et contemple avec un regard plein d'une tendresse tout-à-la-fois touchante et respectueuse, son maître et son ami. Il semble, par sa gravité modeste et réfléchie, et par l'humilité de sa pose, avoir le pressentiment des hautes destinées que l'avenir réserve au compagnon de son enfance. Ces deux enfans sont nus, ou presque nus. Une vaste draperie couvre la Vierge. L'ajustement pourrait en être plus heureux. Le corsage, les manches, la taille, se rapprochent trop du genre moderne. C'est un anachronisme, aussi bien que le livre qu'elle tient sur ses genoux, et qui doit surprendre dans un homme comme Raphaël, si versé dans la connaissance de l'antique.

L'Epicié, dont le penchant pour les idées métaphysiques se remarque quelquefois dans les intentions qu'il lui plaît de prêter aux peintres, a cru voir dans la maternelle complaisance avec laquelle la Vierge souffre que son fils ait ses deux pieds appuyés sur le sien, une preuve du respect qu'elle lui porte comme au sauveur du monde. Il me semble que c'est aller chercher bien loin la cause de cette complaisance, et que pour l'expliquer il suffisait simplement de consulter la nature, dont toutes les affections n'échappaient jamais à Raphaël toutes les fois qu'il lui fallait rendre les mouvemens du cœur humain. Qui ne reconnaît à cette position si gracieuse et si innocente, l'attention de cette tendre mère, pour éviter à la délicatesse de son cher enfant l'impression dangereuse de la fraîcheur de la terre. Que l'on place une mère devant ce tableau, et qu'on l'interroge sur les motifs de cette pose, je doute qu'elle l'interprète différemment.

Il n'est pas si facile de rendre raison du titre de la *Belle Jardinière*, sous lequel ce tableau est connu dans les arts. Plusieurs écrivains se sont occupés de cette recherche, et nuls n'en donnent la véritable origine. Puisque l'histoire et la tradition ne l'ont pas conservée, il est

Des.ᵉ par Chasselat, fils.   Gravé à l'eau-forte par Queverdo.   Terminé par Dennel.

LE BENEDICITE.

permis de croire qu'elle ne se rattache pas à quelqu'anecdote bien importante. Il est possible que le modèle dont Raphaël se servit fût une femme de cette profession, et que renommée par sa beauté parmi les artistes de cette époque, le tableau ait retenu le nom de l'état du modèle. Il est possible encore que ce tableau, possédé depuis long-tems par des souverains, ait offert aux courtisans, dans les traits de la Vierge, quelque ressemblance avec ceux de quelque jardinière dont les charmes auraient un moment occupé l'attention de leur maître, et que la flatterie ait donné ce surnom à cette figure céleste pour caresser la faiblesse d'un monarque. Mais ce ne sont que des suppositions, et il me paraît plus vraisemblable de penser que ce surnom, que rien dans le tableau ne peut motiver, si ce ne sont les fleurs dont la Vierge est entourée, lui vient de la bizarrerie assez commune aux marchands de tableaux, qui, pour distinguer celui-ci des nombreuses productions que l'on doit au pinceau de Raphaël, l'auront intitulé de la sorte, comme ils disent le *Cadet à la Perle* du portrait du comte d'Harcourt; la *Vierge à l'écuelle*, etc.

Ce beau tableau fut exécuté par Raphaël, pour un grand seigneur d'Italie, qui depuis le vendit à François I.ᵉʳ. Il a successivement décoré les palais de Fontainebleau, de Versailles, du Luxembourg, et enfin il est entré parmi les chefs-d'œuvres que possède le Musée Napoléon.

Il a été anciennement gravé par Gilles Rousselet, et par Jacques Chéreau. Il vient dans ces derniers tems d'illustrer le burin de M. Auguste Boucher Desnoyers. Il est difficile de mieux rendre que ne l'a fait ce jeune et intéressant artiste, le caractère virginal de Marie, et les grâces innocentes des deux enfans. Cet ouvrage rappelle les beaux tems de la gravure en France.

PLANCHE II.

LE BRUN (Charles).

LE BÉNÉDICITÉ; *peint sur toile; hauteur un mètre quarante-deux centimètres ou quatre pieds trois pouces; largeur quatre-vingt-dix cent. six millimètres ou deux pieds neuf pouces.*

CETTE scène se passe dans une galerie dont l'ouverture laisse apercevoir un paysage enrichi de fabriques. C'est encore ici une Sainte

Famille. L'enfant Jésus est assis devant une table couverte d'une nappe, d'un pain, et d'une jatte pleine de fruits. Il va réciter ou vient de réciter la prière qui précède le repas. Sa mère est assise à ses côtés et semble écouter son fils; mais les regards de l'enfant sont tournés vers Saint Joseph qui, debout, appuyé contre un socle et tenant dans la main un bâton pastoral, prête une oreille attentive aux paroles de Jésus; quelques instrumens de charpentier sont épars sur le devant du tableau, et indiquent la profession de Saint Joseph.

L'expression des personnages est juste. L'air grave du père et de la mère, indique bien l'attention qu'ils apportent à faire remplir ce devoir religieux à leur fils. Les historiographes des arts, toujours très-enclins à mettre leur esprit à la place de ceux des peintres dont ils parlent, ont voulu voir dans ce tableau des idées auxquelles Le Brun n'a peut-être jamais pensé. C'est ainsi, par exemple, que le peintre Nivelon, élève et biographe de Le Brun, a voulu que son maître ait prétendu rendre ici le moment où la Sainte Famille se dispose à retourner en Judée. A l'entendre, l'enfant Jésus explique à ses parens les motifs de la Pâque des Juifs, figure matérielle du sacrifice dont il doit être un jour la victime; ensuite, comme ce tableau était fait pour la chapelle des charpentiers, il veut aussi que le sujet fasse allusion à l'usage où les hommes de cet état sont de voyager, et enfin, toujours entraîné par le goût des voyages, il y trouve encore l'emblème du passage de cette vie en l'autre. C'est bien ici le cas de dire avec Molière :

Peste, où va mon esprit chercher ces gentillesses.

Ce tableau, comme je viens de le dire, fut exécuté pour la communauté des maîtres charpentiers de Paris, et placé dans une chapelle de l'église de Saint Paul, où il resta jusqu'au moment de la démolition de cette église.

Il fut gravé d'une manière supérieure par le célèbre Gérard Edelinck, et cette belle gravure n'a pas peu contribué à faire connaître cette production, qui n'est point au-dessous de la réputation de son auteur.

Pei.t par A.Le e Roy.   Gra.é à l'eau forte par Chataigner.   Terminé par c.N guiné.

ENGAGEMENT D'INFANTERIE AVEC DE LA CAVALERIE.

Del. par V. Claret.   Grav.ᵉ à l'eau forte par Reville.   Ter.ᵉ par N. Picot.

VUE DE CAMPO VACCINO.

PLANCHE III.

WOUVERMANS (Philippe).

ENGAGEMENT D'INFANTERIE AVEC DE LA CAVALERIE; *peint sur bois ; hauteur trente-six centimètres ou treize pouces ; largeur quarante-six centimètres sept millimètres ou dix-sept pouces.*

L'ACTION tire à sa fin; la victoire a prononcé : les cavaliers sont mis en déroute. La plupart fuient. Quelques-uns se défendent encore. Quelques fantassins, placés sur le second plan, animent de la voix leurs camarades, et accourent pour les seconder. Il règne une chaleur, une vérité, un esprit dans les formes, et les mouvemens des combattans et des chevaux, une variété dans les costumes, dans les armes et dans la manière de s'en servir, dont la réunion jette un grand intérêt sur ce tableau. On croit assister à cette scène; elle plaît, elle attache : on en devient pour ainsi dire acteur par la pensée.

Ce tableau est dû aux conquêtes de 1806.

PLANCHE IV.

LE LORRAIN (Claude Gellée dit).

VUE DU CAMPO VACCINO; *peint sur toile ; hauteur cinquante-sept centimètres trois millimètres ou un pied neuf pouces; largeur soixante-quatorze centimètres six millimètres ou deux pieds trois pouces.*

ICI s'assembla pendant mille ans le peuple romain. Ici d'immondes bestiaux foulent aujourd'hui l'arène où tant de fois furent agitées les destinées du monde. Que reste-t-il de tant de gloire ? des ruines, silencieuses délatrices des ravages du tems, de la fureur des barbares, de l'ignorance des siècles et de l'insouciance des hommes. Tout passe, excepté les souvenirs. Sans eux, le sentiment de la gloire aurait aussi son terme.

Cette vue est prise du pied du mont Capitolin. L'arc de Septime

TITIEN.

Dessiné par A. le Roy.   Gravé par Bauterus.

FRANÇOIS Ier

tenaient au temple de Jupiter Stator; d'autres croient au bâtiment des Commices.

Les trois autres colonnes placées sur le devant du tableau, faisaient partie du temple de la Concorde. Ce temple, très-ancien, périt dans un incendie, et fut restauré aux frais du sénat et du peuple.

Ce tableau a toujours joui d'une haute réputation, par l'intérêt du site, la fidélité de la représentation et la beauté du coloris. Les figures sont de Jean Miel. Avant d'entrer au Musée Napoléon, il a appartenu successivement à M. Blondel de Gagny, à M. Poullain et à d'autres célèbres amateurs.

En Angleterre, on voyait dans le cabinet du duc de Devonshire, un dessin original que Claude Lorrain exécuta à la plume et lavé au bistre, entièrement semblable à ce tableau. Il en existe une gravure par R. Earlom.

Ce paysage plaisait à l'imagination de ce grand peintre; il l'a répété plusieurs fois, mais avec des variantes, pour attester l'originalité de chacune de ces répétitions.

PLANCHE V.

TITIEN (TIZIANO VECELLIO, dit LE).

FRANÇOIS I.ᴱᴿ, ROI DE FRANCE; *peint sur toile; hauteur un mètre douze centimètres ou trois pieds quatre pouces six lignes; largeur quatre-vingt-dix centimètres six millimètres ou deux pieds neuf pouces.*

IL règne de l'incertitude sur l'époque où ce portrait fut peint. Vazari avance que le Titien peignit ce roi peu de tems avant son retour en France. Crozat et Mariette réfutent cette assertion; ils prétendent que ce monarque passa pour la première fois en Italie en 1515; que ce fut alors qu'il eut à Bologne une entrevue avec Léon X; qu'il n'avait à cette époque que vingt-un an, et que ce portrait est évidemment celui d'un homme beaucoup plus âgé. Ils présument qu'il a été peint d'après une médaille, et s'appuient sur l'attitude un peu roide de la tête vue de profil.

Comme Vasari parle immédiatement après du portrait du doge

8

André Gritti, exécuté par le Titien en 1523, les deux savans pensent que si ce peintre a réellement peint François I.ᵉʳ d'après nature, ce ne peut être qu'en 1525, après la bataille de Pavie et peut-être à Pizzighitone, parce que ces deux époques se rapprochent; qu'alors ce monarque avait trente-un ans, et que cet âge se rapporte davantage à celui exprimé par ce tableau. Il me semble que ces incertitudes pourraient dériver d'une simple faute typographique dans la première édition de Vasari, qui dans le millésime cité par lui, aurait substitué un ɪ à un 2, et qui, dans les éditions subséquentes, aurait échappé à la sagacité des correcteurs. Au reste, ces sortes de discussions n'intéressent que les chronologistes, et sont toujours oiseuses dans les arts. Ce qu'il est important de savoir, c'est si ce portrait est digne du Titien. Sa conservation est parfaite. Il était depuis long-tems dans la collection de France; on en connaît des répétitions, et Ridolfi en a cité une que possédait la famille Barbarighi di San Polo, à Venise.

PLANCHE VI.

SACRIFICATEUR ROMAIN.

STATUE.

Ce beau fragment de l'antiquité est un modèle de perfection pour le jet, l'exécution et la souplesse des draperies. La tête de cette figure est rasée et couverte de la toge. Le titre que l'on donne à cette statue n'est pas authentique. Si dans ses mains elle tient la coupe des libations, elle la doit peut-être au caprice de l'artiste moderne par qui elle fut restaurée. La tête, quoiqu'antique, n'est point celle de cette statue; elle est rapportée. Les mains sont modernes. Alors, comment affirmer qu'elle représente un Sacrificateur ?

Elle orna long-tems, ainsi que celle d'Auguste dont elle fait pendant, le palais Giustiniani, à Venise. Un anglais l'acheta et la fit restaurer. Le pape Clément XIV en fit à son tour l'acquisition, et la plaça au Vatican, d'où elle sortit pour entrer au Muséum.

Dessiné par Vauthier. Gravé par Mᵈ. Massard.

SACRIFICATEUR ROMAIN.

SUITE DE LA VIE

DE MICHEL-ANGE.

Peu d'années après que Michel-Ange eut mis la dernière main au magnifique tableau du Jugement dernier, les arts furent à la veille de voir détruire ce prodige de l'esprit humain. Michel-Ange, dont le talent supérieur ne paraissait jamais avec plus d'avantage que dans le nud des figures, n'avait voilé aucune de celles dont se composait la foule innombrable qui peuple ce tableau. La conscience timorée de Paul IV s'en alarma, et soit par faute de goût, soit par ignorance, ce pontife, assez étranger aux arts que ses prédécesseurs avaient si bien fait fleurir, voulut faire effacer ce tableau. La rumeur fut universelle dans Rome. Le pape se vit entouré de justes et nombreuses réclamations; il fut enfin forcé de céder au vœu général. Il consentit à laisser subsister le Jugement dernier de Michel-Ange, mais sous la condition expresse que l'on adapterait des draperies aux figures le plus en évidence. Daniel de Volterre se chargea de ce travail, ce qui lui valut de la part des romains, naturellement épigrammatistes, le surnom de *Brachettone*, sobriquet plaisant en italien, mais trop graveleux en français pour que nous essayons de le traduire.

★

LA chapelle Paoline et la chapelle Sixtine sont les deux seuls édifices publics que Michel-Ange ait décorés : le Crucifiement de Saint Pierre et la Conversion de Saint Paul furent les deux sujets qu'il exécuta dans la première ; malheureusement le tems ne les a pas respectés. On connaît fort peu, ou pour mieux dire on ne connaît point de tableaux de cabinet de lui ; ceux qu'on lui attribue n'étant nullement authentiques. Lanzi parle d'une Léda que l'on prétendait admirable, que Michel-Ange exécuta à Florence pour Alphonse, duc de Ferare, et que ce prince cependant ne posséda point. Le courtisan qu'il avait chargé de recevoir ce tableau des mains du peintre, en agit apparemment d'une manière trop cavalière avec ce grand maître ; il s'en offensa, refusa de livrer le tableau, et en fit don à Antonio Mini, l'un de ses élèves, qui le porta en France. Vasari prétend que c'était un grand tableau peint à l'aquarelle. Mariette, dans les notes qu'il a ajoutées à l'édition du Condivi, dit l'avoir vu, mais qu'il était dans un mauvais état ; et que dans cet ouvrage, il lui semblait que Michel-Ange avait cherché à se rapprocher du Titien. D'après cette opinion de Mariette, Lanzi pense que ce connaisseur n'a vu qu'une copie du tableau dont il s'agit. Il est certain que sous le règne de Louis XIII, M. Desnoyers, surintendant des finances, fit brûler, par un sentiment de dévotion exagérée, le tableau original : Mariette n'avait donc pu le voir. Il est encore dans la tribune de la galerie de Florence un tableau d'une conservation parfaite attribué à Michel-Ange, et qu'il composa et exécuta pour Agnol Doni ; il est rond et représente une sainte famille. C'est à tort, selon Lanzi, que Richardson et quelques autres en ont vanté la couleur vigoureuse ; c'est une aquarelle. De-là vient, dit-il, que placé à côté des ouvrages des plus célèbres peintres de toutes les écoles qui, sur ce théâtre de l'art, semblent pour ainsi dire trembler les uns devant les autres, ce tableau paraît le plus savant, mais le moins beau, et que son auteur est proclamé le plus fort dessinateur, mais le plus faible coloriste. D'ailleurs, la perspective aërienne y est négligée, et la dégradation des figures n'y est point un effet de la lumière, défaut commun aux peintres de l'époque de Michel-Ange. Il existe plusieurs Crucifiemens, ou Crucifix, dans différens cabinets, plus authentiquement reconnus pour être de lui. Bottari et Lanzi en citent plusieurs. On sait qu'il répéta plusieurs fois ce sujet, et personne n'ignore la fable absurde par laquelle on supposa qu'il fit expirer un homme sur une croix pour mieux saisir la nature. Ce conte populaire ne mérite pas d'être réfuté.

S'IL existe véritablement peu de tableaux authentiques de Michel-Ange, en revanche on trouve une foule de dessins sortis de ses crayons, et il en subsiste encore

un grand nombre aujourd'hui. De son vivant, ou peu
de tems après sa mort, beaucoup de beaux tableaux
furent exécutés par d'habiles maîtres, d'après ses dessins. Vasari entre à cet égard dans des détails qu'il
serait trop long de rapporter ici ; nous dirons simplement que parmi les hommes célèbres qui ne dédai-
gnèrent pas de travailler sur les dessins de ce grand
maître, on peut placer au premier rang Sébastien del
Piombo, que l'on regarde comme un des meilleurs
coloristes de l'Ecole vénitienne. Francesco Salviati,
Batista Franco, Marcello Venusti, le Poutorme, et
plusieurs autres, exécutèrent également plusieurs tableaux d'après lui; et les ouvrages de ce genre ne
sont pas ceux qui aient le moins contribué à la gloire
de ces célèbres artistes. Vasari lui-même, qui s'est si
fort étendu sur la vie de Michel-Ange, et la description de ses travaux, s'exerca également sur ses cartons.

L'ÉCLAT dont brilla Michel-Ange dut nécessairement enfanter une foule d'imitateurs de ce grand
homme. La plupart d'entr'eux ne pouvant atteindre
au degré sublime où il était élevé, tombèrent dans
l'exagération ; le gigantesque remplaça le grandiose,
et l'élévation des idées fut effacée par la bizarrerie.
Ainsi la décadence suivit de bien près à Florence le
beau siècle qu'il avait illustré. Il faut dire aussi que
si Michel-Ange, soit par un orgueil déplacé, dont
l'aveuglement ne lui permettait pas de supposer que

personne jamais pût l'égaler, soit par défaut de sensibilité qui le rendait peu susceptible d'attachement;
que si Michel-Ange, dis-je, eut un grand nombre
d'élèves, il n'eut pas pour eux cette espèce d'amitié
presque paternelle que l'on retrouve dans beaucoup
de maîtres, honorable sentiment qui les porte à développer les dispositions des jeunes gens, à accélerer
leurs progrès, à s'intéresser à leurs succès. On ne
connaît vraiment que deux artistes qu'il ait particu-
lièrement aimés, l'un parce qu'il fut son ami dès
l'enfance, l'autre parce qu'il montra de très-bonne
heure une extrême facilité à imiter sa manière, non-
seulement sans la dégrader, mais, au contraire,
avec une grandeur et une noblesse presqu'égales
aux siennes. L'un fut le Granacci, Florentin; l'autre
le Ricciarelli, bien plus connu sous le nom de
Daniel de Volterre.

Le Granacci devait être de plusieurs années, au
moins, plus jeune que Michel-Ange, puisqu'il lui
survécut même assez long-tems; cette supposition
est permise, car personne n'ignore que Michel-Ange
poussa sa carrière très-loin. Il paraîtrait cependant
que leur liaison datait de leur tendre jeunesse; ils tra-
vaillèrent ensemble chez le Ghirlandajo. Michel-Ange
introduisit le Granacci dans le jardin de San Marco
et lui permit, en outre, d'étudier ce célèbre carton,
dont nous avons ailleurs déploré la perte. Le Granacci

*

dut sans doute à ce concours de circonstances, cette manière large qui distinguait ses ouvrages. Confidens mutuels de leurs plus secrètes pensées, mettant en commun leurs idées, leurs observations, leurs découvertes, aiguisant, pour ainsi dire, leur esprit par leurs conversations journalières; que manqua-t-il au Granacci pour se mettre sur la même ligne que Michel-Ange ? Cet amour de la gloire, cette ambition de renommée, qui forcent au travail, font enfanter, corriger, recommencer, refaire, réussir enfin, à force d'étude, de travail et d'opiniâtreté. Le Granacci, peu jaloux d'acquérir des richesses, ami de la médiocrité, vivant au milieu de ses frères, partageant avec eux son patrimoine, fuyant le monde, regardait la peinture comme un délassement et non comme une profession; cet artiste préféra le repos à l'éclat, et doué d'une assez forte portion de génie, nourri dans la meilleure des écoles, imbu des plus grands principes de l'art, composant avec esprit, dessinant avec correction, serait cependant ignoré, sans l'amitié qui l'unit à Michel-Ange.

TANT d'obscurité ne déroba point le Ricciarelli, dit Daniel de Volterre, à l'admiration de la postérité, et ce grand peintre peut être considéré comme un des principaux héritiers de Michel-Ange. Il étudia d'abord à Sienne dans les écoles de Peruzzi et de Razzi. Perino del Vaga le prit ensuite pour second dans l'exécution de quelques travaux ; mais ce qui lui ouvrit un accès auprès de Michel-Ange et lui valut sa confiance et son amitié, ce fut, comme nous l'avons déjà dit, son extrême facilité à imiter sa manière ; il le choisit pour travailler aux salles du Vatican, et dès-lors ils devinrent inséparables. Michel-Ange lui prodigua leçons, conseils, éloges; il l'enrichit de ses idées, de ses esquisses, de ses dessins ; et lorsque Daniel de Volterre fut chargé de peindre la chapelle Farnésienne, Michel-Ange présida constamment à ses travaux. On rapporte à ce sujet que ce grand homme étant un jour monté, en l'absence de Daniel, sur l'échafaud dont ce peintre se servait, il s'amusa à tracer sur le mur, avec du charbon, une tête colossale ; on assure que cette esquisse, où respire tout le génie de Michel-Ange, existe encore. Daniel de Volterre se garda bien de l'effacer, afin que la postérité pût juger de ce dont était capable son illustre ami, par ce simple trait, tracé, pour ainsi dire, en se jouant ; ce sont les expressions de Lanzi.

Nul historien n'a donné mieux que celui-ci une haute idée de la fameuse Descente de croix, de Daniel de Volterre, que l'on voit à la Trinité du Mont, et que l'on regardait à Rome comme l'un des trois plus beaux tableaux que cette ville possédait avant que la Transfiguration de Raphaël et le St.-Jérôme

du Dominiquin eussent été transportés en France.
« Il semble, dit-il, que l'on assiste à cette scène
» lugubre ; l'affaissement du corps du Rédempteur,
» l'abandon général de ses membres privés de la
» vie, sont rendus avec une étonnante vérité ; la
» distribution savante des hommes occupés à le
» descendre de la croix, leur empressement à s'ac-
» quitter de ce pénible devoir, la fatigue qu'ils
» éprouvent, leur respect religieux pour les dé-
» pouilles mortelles de leur maître, l'évanouissement
» de la mère du Sauveur que l'on voit entourée des
» saintes femmes, la douleur touchante du disciple
» bien-aimé, l'expression des figures, la belle nature
» des formes, l'habileté des contrastes, tout dans
» ce tableau où la vigueur l'emporte sur la grace,
» ainsi que l'exigeait la sévérité du goût, tout, dis-
» je, semble rendre présente l'histoire qu'il rappelle ;
» il y règne un relief, un accord, un art enfin, qui
» mériteraient des éloges à Michel-Ange lui-même,
» si son nom se lisait sur ce tableau ».

DANIEL DE VOLTERRE employa sept ans à la
décoration de cette même chapelle, et y exécuta plusieurs autres sujets de la Passion, mais moins estimés
que la Descente de croix. Ses élèves ont terminé
d'après ses dessins les tableaux qui décorent une
autre chapelle de cette église. Parmi les plus beaux
tableaux qui restent de ce peintre célèbre, on cite

un Prophète Elie , que sa famille conserve religieusement pour honorer sa mémoire , et dont jamais
elle n'a voulu se défaire quelque prix qu'on lui en
ait offert. Ce respect fait honneur à ses descendans.

QUOIQUE Baccio della Porta , connu sous le
nom de Fra Bartoloméo de San Marco , parce qu'il
était de l'ordre de Saint-Dominique , soit classé parmi
les imitateurs de Michel-Ange , il me semble qu'on
ne peut guères le compter dans cette Ecole ; il
fut élève du Roselli, et dans ses premiers tems ce fut
sur-tout la manière de Léonard da Vinci qu'il étudia.
Né en 1469 , il n'était que de cinq ans plus jeune
que Michel-Ange , et mourut 47 ans avant lui. Qu'il
ait connu et admiré ses ouvrages , cela ne peut se
révoquer en doute , puisqu'il habitait à Florence et
qu'il fit à Rome un assez long séjour; mais ses
ouvrages , c'est-à-dire ceux de son bon tems , prouvent
que le style et la manière de Raphaël prévalaient
dans son esprit sur ceux de tout autre.

. SON attachement pour un factieux célèbre le ravit
aux arts pendant quelques années , et dans cet âge où
tous les momens sont précieux pour l'étude. La dou-
ceur de son ame et la sensibilité de son caractère ,
le rendirent religieux par goût et par sentiment. Il
se lia avec le trop fameux Savonarole , moine dominicain ; soit par vertu , soit par haine contre le gou-

★

vernement Florentin, on sait avec quelle véhémence
ce moine prêcha contre les vices des prêtres de son
tems en général, et contre ceux d'Alexandre VI en
particulier, et en cela la seule raison pouvait l'ab-
soudre ; mais il s'attira ainsi l'animadversion de
l'église qui l'accusa d'hérésie, tandis que les grands
de l'état qui ne voyaient en lui qu'un tribun pertur-
bateur, l'accusèrent de leur côté de rébellion. Quoiqu'il en soit, Bartoloméo, frappé des sermons de
Savonarole, quitta la peinture, et brûla dans la place
publique tous les tableaux et les dessins qu'il possédait, et comme les fous ont souvent plus d'imitateurs que les sages, tous les partisans de Savonarole
suivirent l'exemple de Bartoloméo, et une foule de
chefs-d'œuvres périt dans cette journée.

Lorsque l'autorité se détermina à faire arrêter
Savonarole, et que les Dominicains, pour le sous-
traire au châtiment qu'on lui préparait, soutinrent
ce fameux siège dont on lit les détails dans
l'histoire de Florence, Bartoloméo se trouvait dans
leur couvent. Le spectacle de cette guerre civile et
des excès qui se commirent dans cette circonstance
l'effrayèrent si fort, qu'il fit vœu de prendre l'habit
de Saint-Dominique s'il échappait aux dangers dont
il était entouré; il y échappa en effet, et accomplit
son vœu. Ce fut en 1500 qu'il se fit moine; il avait
alors 31 ou 32 ans. Livré à la retraite, il reprit du

goût pour la peinture ; mais pendant quatre ans, il
ne la cultiva que par délassement et se borna à faire
les portraits de quelques moines , ses confrères.
Raphaël vint à Florence , il connut Fra Bartoloméo ;
ces deux habiles gens se lièrent d'amitié; leurs conseils leur furent réciproquement utiles ; Raphaël en-
seigna à son nouvel ami les règles de la perspective ,
et Bartoloméo s'acquitta en instruisant, de son côté ,
Raphaël dans l'art de draper les figures et d'employer
les couleurs.

C'EST vraiment de cette époque que l'on peut
dater la gloire que s'acquit Bartoloméo dans l'art de
la peinture. Ce fut alors qu'il fit le voyage de Rome.
A son retour, il exécuta pour diverses maisons de son
ordre des tableaux qui sont réputés comme des
chefs-d'œuvre. Quoiqu'il possédât parfaitement l'art
de bien draper les figures , on rapporte qu'il était
supérieur encore lorsqu'il dessinait le nud , et c'est
peut-être ce talent qui lui a valu d'être compté , par
quelques écrivains , parmi les élèves de Michel-Ange.
Les auteurs du dictionnaire des Arts, citent, ent'autres
compositions de lui en ce genre , un Saint-Sébastien
dont les formes étaient si belles et les chairs si bien
rendues , que les religieux se déterminèrent à le retirer
de leur église, parce qu'il faisait, dit-on , de trop
vives impressions sur les femmes. Lanzi rapporte la
même anecdote. Il dit que les religieux le firent

placer dans une sale particulière ; qu'ils le vendirent
dans la suite , et qu'il passa en France ; mais il nous
apprend que ce fut à la jalousie des ennemis du Bartoloméo que l'on dut ce bel ouvrage. Ils prétendaient
qu'il ne savait point rendre le nud des figures , et
pour les confondre , il exécuta ce Saint-Sébastien.
Ce fut également parce que ses envieux répandaient
qu'il était incapable de rendre les figures de grande
proportion , qu'il exécuta un Saint Marc , que l'on
admire dans la galerie de Florence comme un chef-
d'œuvre.

La Toscane est riche de ses ouvrages, dont la plupart
sont des tableaux d'autel ; tous sont précieux , quoique à
peu près semblables les uns aux autres , relativement
à la composition ; en cela, il se conforma aux usages
du tems , qui semblaient avoir renfermé exclusivement
ces sortes de tableaux dans un seul sujet ; c'est-à-
dire , dans la représentation de la Vierge assise,
tenant l'Enfant Jésus dans ses bras , et entourée de
différens saints , usage auquel se soumirent tous les
peintres , sans en excepter Raphaël , ainsi que le remarque Lanzi , et qui fut suivi dans l'École Florentine
jusqu'aux tems du Pontormo. Bartoloméo eut du
moins le bon esprit de remédier à cette ridicule mo-
notonie introduite par les peintres du quatorzième
siècle , et dont il est étonnant que tant d'hommes de
génie qui leur succédèrent n'ayent pas secoué le joug.

plutôt, en jetant de l'intérêt sur les siens, par le
grandiose de l'architecture, par la majesté des dé-
corations, et par le talent de bien ordonner les
groupes des saints et des anges. On cite cependant
un exemple d'un tableau d'autel où il s'écarta de l'u-
sage reçu alors ; c'est celui que posséda l'église de
Saint-Romain, à Lucques, connu sous le nom de *la
Madone de la Misericorde*, qui, assise au milieu
d'une troupe de fidèles, les couvre de son manteau
pour les mettre à l'abri de la colère céleste. Rubens
a depuis reproduit cette idée dans un tableau que
nous avons vu exposé au Muséum, où Saint François
et Saint Dominique couvrent de leur froc le globe
de la terre, sur lequel Jésus-Christ se dispose à lancer
la foudre.

La Galerie de Florence possède le dernier ouvrage
de Fra Bartolomeo ; et c'est, dit l'auteur que je viens
de citer, le meilleur et le plus rare de tous ceux que
les arts durent à ce grand peintre. C'est un carton
qui représente les saints protecteurs de Florence. Ce
tableau lui fut commandé par le gonfalonier Soderini,
pour la salle du Conseil public ; mais la mort de l'auteur, arrivée en 1517, empêcha qu'il ne fût exécuté,
ainsi qu'il était déjà arrivé des tableaux commandés
à Léonard de Vinci et à Michel-Ange Bonaruotti,
pour décorer la même salle, comme si, par une
fatalité singulière, dit Lanzi, cette salle destinée sans

★

cesse à être décorée par les pinceaux des plus grands
maîtres, n'eût jamais pu jouir d'une semblable gloire.

L'HONNEUR que l'on a fait à Michel-Ange, en
disant que la vue de ses ouvrages influa sur le talent
d'un aussi habile homme que Bartolomeo, et l'ins-
truisit à agrandir sa manière, méritait que j'entrasse
dans quelques détails sur sa vie. Au reste, outre les
objets d'étude qu'il a laissés, les artistes lui doivent
l'invention de ces figures en bois, dont les articu-
lations mobiles, par l'effet des ressorts, permettent
de leur donner la pose que le peintre désire, et
d'ajuster sur elles des draperies véritables, en sorte
qu'il ne s'agit plus que de copier pour rendre parfaitement la nature. C'est ce qu'en France l'on connaît
sous le nom de mannequins.

AINSI que plusieurs autres peintres célèbres,
Bartolomeo a eu, dans son talent, deux époques bien
distinctes. Dans sa jeunesse, il avait adopté un genre
qui se rapprochait de la miniature par la finesse des
objets et les petites proportions des figures. Il est
rare que le génie s'accommode des détails minutieux
et de la patience qu'exige un semblable genre. Le
Grand Duc de Toscane possédait deux petits tableaux
de ce premier tems de Bartolomeo, qui méritaient
d'être admirés par la grâce et l'esprit ; ce sont une
Nativité et une Circoncision. Les historiens nous

apprennent également que l'on voit à Lucques, dans la superbe galerie des Seigneurs Montecatini, un tableau dans lequel il s'est représenté lui-même en pied, vêtu en habit séculier ; portrait remarquable par la finesse de l'exécution et par l'art avec lequel il a su le placer dans un espace très-petit. Mais quelque mérite que l'on accorde à ces productions, elles sont loin d'approcher de celles de sa seconde époque.

CE fut alors qu'il fut grand dans toutes les parties de l'art, quand il voulut s'en donner la peine. Son dessin était extrêmement correct et châtié. Il réussissait surtout dans les figures d'enfans ; mais, selon Algarotti, il avait peu d'élévation dans les contours des hommes vulgaires. Vasari lui reproche d'avoir employé, pour ses ombres, de ce noir d'ivoire brûlé dont on se sert pour l'impression des gravures ; mais il se corrigea de cet usage, et dans l'empâtement des couleurs, il ne le céda à aucun des meilleurs peintres lombards. Ses tableaux sont infiniment rares, surtout hors de Florence ; on n'en rencontre presque jamais dans les ventes publiques. Son premier nom fut Baccio della Porta, parce que, dans sa jeunesse, il tenait une école près d'une porte de la ville. Dans la suite, quand il prit l'habit de Saint-Dominique, il reçut le nom de Fra Bartolomeo, et le surnom de San Marco, du titre de son couvent. C'est celui-ci qu'il a rendu célèbre dans les arts. On lui donne souvent aussi simplement le nom del Frate, par abréviation.

C E beau tems de l'École florentine, que fit naître pour ainsi-dire Michel-Ange, fut encore marqué par une foule d'autres peintres non moins justement célèbres. Les uns, comme je l'ai déjà fait voir, marchèrent sur ses traces, d'autres suivirent des erremens différens, tels que ceux qui imitèrent Fra Bartolomeo, dont je viens de parler; certains illustrèrent l'École de Ridolfo Ghirlandajo; quelques-uns enfin, plus justement fameux encore, furent imitateurs ou élèves d'Andrea del Sarto, que je ne dois pas oublier de citer.

ANDREA VANUCCHI fut surnommé Andrea del Sarto, parce qu'il était fils d'un tailleur. Selon Vasari, ce fut de tous les peintres de l'École florentine celui auquel on peut reprocher le moins d'erreurs. Il entendait parfaitement, dit-il, les effets de la lumière et la dégradation des ombres; son pinceau était extrêmement suave. Il fut un modèle dans la manière de donner à la fresque une harmonie parfaite, sans être obligé jamais de retoucher à sec, en sorte que quand il découvrait ses ouvrages, c'est-à-dire ceux de ce genre, ils semblaient avoir été exécutés dans un seul jour.

BALDINUCCI le traite moins bien ; il lui reproche entr'autres défauts, d'avoir été pauvre d'invention, et de n'avoir point cette élévation d'idées dont la puissance met les peintres héroïques de pair avec les grands poètes.

LANZI fait le portrait le plus riche de ce grand peintre. Il convient qu'il y avait peu de sublimité dans ses idées ; mais il en trouve la raison dans cette modestie touchante, dans cette amabilité douce, dans cette sensibilité esquise, qui imprimaient à son pinceau un caractère semblable à celui qu'il avait reçu de la nature. C'est dans le portique de l'Annonciade, ajoute cet écrivain, qu'il convertit en une galerie inappréciable, qu'il faut et que l'on peut véritablement juger de son talent ; la pureté des contours, qui valut à Andrea le surnom de *Senza Errori ;* l'expression charmante et spirituelle des figures ; l'amabilité de leur sourire, qui rappelle la simplicité et la grâce du Corrège ; l'élégance des fabriques ; la connaissance parfaite des diverses conditions de la société, si bien représentées par la variété et la fidélité des costumes ; la facilité des draperies ; l'expression des différentes affections, de curiosité, d'étonnement, de confiance, de compassion, de joie, toujours rendues d'une manière si naturelle, qu'on les devine à la première vue, que jamais rien n'y contredit la décence, et que le spectacle en intéresse le cœur sans le troubler : telles

★

sont les qualités distinctives de ce bel ouvrage, qu'il est plus facile d'admirer que de décrire. Ceux, dit l'abbé Lanzi, qui sont capables de sentir ce que fut Tibule parmi les poètes, sentiront ce qu'Andrea est parmi les peintres.

Les auteurs du Dictionnaire des Arts citent également ce chef-d'œuvre. Le morceau, disent-ils, qui décida de sa réputation, fut une Sainte Famille, qu'il peignit à fresque sur une des portes du cloître des frères Servites de l'Annonciade. On admirait dans cette peinture sa composition, sa couleur et le dessin ; et l'artiste qui avait produit ce chef-d'œuvre, ne reçut pour récompense qu'un sac de blé.

Cette réflexion, ce me semble, fait éprouver deux sentimens pénibles. D'abord, on voit avec chagrin que des hommes soient assez injustes ou assez peu connaisseurs, pour mettre si peu de prix au talent ; mais ensuite ce petit article d'intérêt qui vient tout-à-coup vous attrister quand l'imagination n'est occupée que de la gloire d'un artiste, affaiblit le plaisir que le tableau de cette gloire fait éprouver ; elle répand une teinte mesquine sur un spectacle qui venait d'élever l'ame, et ramène la pensée sur des objets mercantiles humilians pour les arts. On sait que la plus honorable des existences est celle que l'on doit aux talens ; mais, pour leur honneur même, on devrait écarter loin d'eux les réflexions que font naître cette nécessité de salaires. Certes, ils sont bien changés aujourd'hui les tems où l'on payait un chef-d'œuvre avec un sac de blé ; mais n'a-t-on pas un peu trop accoutumé les artistes à rendre inséparables ces deux mots, *gloire* et *argent*?

Au reste, Andrea del Sarto contribua peut-être un peu, par sa conduite irréfléchie, à sa mauvaise fortune. Quand on le voit végéter dans la misère en Italie, et qu'appelé en France, on l'aperçoit comblé d'honneurs et de richesses, pour peu que l'on ait le cœur français, on se réjouit de cet heureux changement dans la fortune de cet habile homme, et l'on aime à retrouver l'esprit national, dans cette manière grande de réparer les infortunes d'un artiste célèbre ; mais ce sentiment rend plus odieuse l'ingratitude d'Andrea del Sarto, et ajoute à l'indignation que fait naître la déloyauté de sa conduite envers François I.er et une nation généreuse, dont le noble désintéressement l'avait si bien accueilli.

Si quelque chose pouvait l'excuser, c'était l'asservissement où le retenait une passion malheureuse. Triste esclave d'une épouse peu digne de son sexe, dont la beauté le subjuguait ; honteux de ses fers, dont il sentait le joug insupportable sans que sa malheureuse passion permît jamais à son courage de les briser ;

infortuné quand il était près d'elle , plus infortuné peut-être quand il en était éloigné , cette femme fut cause de toutes ses fautes ; et ses erreurs , son indigence et l'abandon où le laissèrent tous ses amis, n'eurent jamais d'autre cause.

CETTE femme , que l'on appelait *Lucretia del Fede,* ne l'avait point suivi en France. Il ne put supporter cette séparation ; dès-lors , tous les avantages qu'il goûtait s'éclipsèrent. Ces avantages étaient grands. Il avait été défrayé de son voyage ; il était logé , meublé , nourri , et l'on faisait face à toutes ses dépenses. François Ier l'admettait familièrement auprès de lui ; de fréquentes gratifications augmentaient le prix dont on payait ses tableaux. Il était l'objet des caresses des courtisans. Son cœur aimant, son esprit cultivé, sa conversation agréable , le rendaient cher à tous. Andrea del Sarto pouvait être heureux. Mais les passions ! elles dénaturent les plus heureux caractères ; elles sont le principe de toutes nos fautes.

ANDREA n'osa point avouer la cause de sa mélancolie. La vue de son épouse pouvait seule l'en guérir. Il prétexta des affaires de famille pour voiler le véritable motif de son départ ; et pour mieux en imposer sur son prochain retour, il se chargea d'acheter en Italie , pour le roi , des tableaux et des statues, et reçut une somme considérable pour cet objet. Il partit et ne

revint point, l'argent fut dissipé pour les vains plaisirs
de sa femme. Sa déplorable faiblesse fit un malhonnête
homme de celui qui portait en lui tous les germes
de l'honneur. Il retomba dans la misère ; mais dans
cette misère que personne ne plaint ni ne soulage
parce que l'opprobre la déshonore , et pour comble
de maux il ne se dissimula point qu'il méritait son
sort. La peste fit ce que le chagrin et le remords
auraient fait ; elle l'enleva à quarante-deux ans.

Il nous reste à citer le Pontorme et le Rosso.

Jacopo Carrucci, surnommé il Pontormo, du
nom de sa patrie , malgré le rang qu'il tient parmi les
grands peintres de cette belle époque , ne parvint
pas au degré de gloire auquel il pouvait atteindre,
et ne put en accuser que son caractère bisarre et indécis. Ce peintre avait reçu de la nature les plus
rares dispositions , et ses premiers ouvrages furent
admirés par Raphael et Michel-Ange. Léonard de
Vinci lui donna d'abord quelques leçons ; mais il fit
un plus long séjour dans les ateliers d'Albertinelli
et de Pier Cosimo , et les progrès qu'il y fit étaient
déjà considérables lorsqu'il se rangea parmi les élèves
d'André del Sarto. La jalousie de talent divisa bientôt
le maître et l'élève. André le traita durement. Le
Pontorme s'éloigna et l'élève devint bientôt le rival
et le concurrent du maître dans différens travaux.

Quoiqu'il soit facile de reconnaître dans plusieurs de
ses tableaux les principes et la manière d'André del
Sarto, cependant il n'en est pas l'imitateur servile,
et tous ont une originalité qui les distingue. Lanzi
cite une Sainte Famille de ce peintre qu'il a vue dans
la collection du marquis Cerbone Pucci, et qui le
dispute avec celles du Baccio, du Rosso, et d'André
del Sarto.

Son caractère indécis le porta à changer de manière
dans l'espoir de s'en faire une meilleure; tentative
malheureuse, et dont les résultats le déçurent; et
c'est le sort ordinaire de ceux qui, dans un âge mûr,
se livrent à une semblable inconstance. Nappi et
Sacchi en fourniraient la preuve. Les productions du
Pontorme offrent trois manières très-distinctes; la
première présente une grande correction de dessin
et une grande vigueur de coloris, et c'est par celle-ci
qu'il se rapproche le plus d'André del Sarto. Dans la
seconde il conserve la pureté du dessin; mais le coloris en est faible, et ce fut cette seconde manière
que le Bronzin et ses contemporains adoptèrent. La
troisième est vraiment indigne d'un homme dont les
débuts avaient eu tant d'éclat; il s'enthousiasma à
la vue des productions d'Albert Durer; et en traitant
différens sujets de la passion, il s'avilit au point de
copier servilement les têtes et les draperies de ce
peintre des premiers temps. Lanzi pense, qu'à ces

trois manières, on pourait en ajouter une quatrième, si un Déluge universel et un Jugement dernier qu'il employa onze ans à peindre à Saint-Laurent existaient encore : il est présumable que celle-ci serait la pire de toutes, puisque ces ouvrages furent effacés sans qu'aucun artiste s'en plaignît. Telle fut la destinée de ce peintre, qui menaçait dans sa jeunesse d'égaler Michel-Ange, et que dès lors à Florence on mettait au-dessus de tous les peintres existans.

Ce peintre ne savait jamais prendre un parti, et plus il avançait en âge, plus cette indécision prenait d'empire sur lui. Elle se fit surtout remarquer dans les travaux dont je parlais tout-à-l'heure, et qu'il mit tant d'années à exécuter à Saint-Laurent. Cette entreprise avait été donnée au Salviati, et il trouva le secret de la lui enlever ; il en fut puni par le peu de succès qu'elle obtint. Il recommençait et effaçait sans cesse. Quand il avait préparé une partie, il perdait plusieurs mois à examiner ce qu'il avait ébauché, et ne pouvait jamais se déterminer à l'achever. On préjugeait de l'importance et de la beauté de l'ouvrage par la longueur du temps qu'il y employait, mais quand il fut découvert, on vit avec étonnement qu'il était au-dessous du médiocre. Les auteurs du Dictionnaire des Arts rapportent qu'il était sauvage, et qu'il se fit construire une maison dans laquelle il ne pouvait entrer qu'à l'aide d'une échelle qu'il avait soin de retirer après lui. Il refusait de travailler pour le grand duc de Florence , et faisait des tableaux pour son maçon. Il était cependant sensible à la gloire. Le discrédit dans lequel tombèrent ses dernières productions l'affecta vivement , et le chagrin avança ses jours.

Le Rosso a été également remarquable par sa bizarrerie , mais dans un genre différent. Si l'indécision était la marque distinctive du caractère du Pontorme , l'inconséquence faisait la base de celui du Rosso ; et nous verrons plus bas que les tristes résultats de ce défaut lui coûtèrent la vie. Doué d'un génie créateur , il ne voulut point avoir de maître ; il se contenta d'étudier les œuvres de Michel-Ange et du Parmesan, et ne voulut imiter ni ses compatriotes , ni les étrangers. Il visita Rome , Venise et une grande partie de l'Italie, et vint en France où la munificence de François I.er semblait lui promettre plus de faveurs de la fortune. En effet , littérateur instruit, poète agréable , habile musicien, conteur amusant, il plut à ce roi par cette réunion de talens , et en obtint d'immenses bienfaits , et la conduite de travaux importans. Comme architecte, il construisit la grande galerie de Fontainebleau, et comme peintre il la décora de ses tableaux. Il eut la surintendance de tous les travaux à faire dans ce palais ; mais dans la suite , sous prétexte d'agrandir cet édifice , nombre de ses peintures furent effacées ou détruites, et l'on

accusa de cette injustice le Primatice son rival. L'abbé
Gouget, dans son histoire du Collège royal de France,
a décrit treize tableaux du Rosso, où sont représentés
divers traits de la vie de François I.er Le plus capital
était l'Ignorance chassée par ce Roi; tableau que la
calcographie a traduit plusieurs fois. Surchargé,
comme on le voit, de travaux, il se fit aider, selon l'usage de son tems, par trois peintres florentins,
Dominico del Barbieri, Batolommeo Miniali, et Luca
Penni, frère de Gian Francesco Penni, connu dans
l'école de Raphaël sous le nom du Fattore.

LES jugemens portés sur ce peintre ne sont pas
toujours d'accord. Les uns prétendent qu'il dédaignait
de consulter la nature, et qu'il faisait tout de pratique
et au gré de son caprice. Ils ajoutent que son dessin
avait de la fierté, mais qu'en général il était lourd,
bizarre et maniéré. Ils lui accordent cependant de la
richesse dans ses compositions, du mouvement dans
ses figures, et de la légèreté dans ses draperies.
D'autres, qui le traitent avec moins de sévérité, prétendent qu'il est recommandable pour avoir introduit
un nouveau style dans l'école Florentine. Ils disent que
ses têtes ont plus d'esprit, ses coiffures plus de grâce,
que ses ornemens sont plus singuliers, son coloris plus
gai, ses effets d'ombre et de lumière plus grandioses,
son pinceau plus ferme et plus franc qu'il n'avait été
d'usage jusqu'alors à Florence. Ils prétendent enfin

*

qu'il fut le créateur, dans cette école, d'un certain
goût qui aurait été sans reproche, si quelquefois il n'y
eut mêlé quelque chose de bizarre et d'extravagant.
L'on regarde comme son chef-d'œuvre celui de ses
tableaux que l'on voit au palais Pitti, et qui représente différens saints. Il réunit à la fierté du dessin le
mouvement, la couleur, et une grande connaissance
du clair-obscur. Ses ouvrages sont très-rares en Italie.

DANS le cours de ses prospérités en France, il
éprouva un vol domestique, et par l'effet de cette
inconséquence de caractère dont nous avons parlé
plus haut, il accusa de ce vol un de ses amis nommé
Pelegrino. Ce malheureux fut arrêté et appliqué à la
torture. Ce ne fut qu'après lui avoir fait souffrir d'horribles tourmens que son innocence fut reconnue. Le
Rosso, en proie aux remords, ne put survivre à la
honte d'une semblable accusation. Il s'empoisonna ;
il avait alors quarante-cinq ans.

NOUS terminons ici cet aperçu, que nous venons
d'esquisser de cette grande époque de l'école Florentine, qui compta plusieurs hommes encore d'un véritable mérite, mais dont la réputation eut moins
d'importance, tels que Ridolfo Ghirlandajo, Toto del
Nunziata, si estimé des anglais, Perin del Vaga,
dont nous parlerons ailleurs plus au long, Antonio
Mazzieri, Bastiano di Sangallo, Raffaellino del Cola,
peintres de genre, et quelques autres.

Lorsque nous aurons jeté un coup-d'œil sur les
fondateurs et les grands maîtres des écoles Vénitienne
et Lombarde, comme nous l'avons fait sur ceux des
écoles Romaine et Florentine, nous reviendrons sur
ces diverses écoles, et feront connaître les hommes
qui ont illustré les différentes époques par lesquelles
elles ont passé, depuis leurs siècles de splendeur.

TIZIANO VECELIO — LE TITIEN.

Si les écoles que nous avons parcourues jusqu'à présent durent leur splendeur à la perfection de l'art, il n'en est pas précisément de même de l'école Vénitienne ; celle-ci est pour ainsi dire la fille de la nature. Elle n'eut point, comme les autres, la présence des chefs-d'œuvres de l'antiquité pour se former et s'inspirer. Cherchant moins la beauté des formes et la richesse de l'expression, elle copia les objets comme ils se présentaient à sa vue ; et placée, si j'ose le dire, au milieu des eaux, sans cesse récréée par le spectacle brillant d'un ciel chaleureux, par l'éclat de l'azur des mers, par la teinte vaporeuse des côtes de l'Adriatique, par la vigoureuse végétation des jardins conquérans de ses lagunes, elle s'illustra par la vérité du coloris et par son extrême habileté à varier et mélanger les couleurs.

La plupart des historiens placent la naissance de la peinture à Venise dans le onzième siècle ; c'est-à-dire lorsque le doge Selvo fit venir de la Grèce des mosaïstes pour décorer la superbe basilique de Saint-Marc. Lanzi paraît néanmoins convaincu que ce

bel art était connu à Venise bien avant cette époque ;
il en apporte pour preuve des peintures qui existèrent
dans un souterrain du monastère de Saint-Georges ,
à Vérone. Elles représentaient quelques mystères de
la Rédemption, des Apôtres , des Martyrs , et entre
autres le Passage d'un Juste de ce monde dans
un monde meilleur, assisté par l'archange Michel.
Quoique l'on ne laissât point pénétrer les curieux
dans ce souterrain , un monsignor Dionisi leva appa-
ramment ces obstacles ; et ayant fait dessiner ces
tableaux, les fit graver. C'est en examinant sans
doute ces gravures, que Lanzi, en comparant les
symboles , les fabriques , le dessin, les mouvemens .
et les draperies des figures , et les caractères que le
peintre leur a donnés , s'est convaincu que ces peintures étaient de beaucoup antérieures au tems que
les autres écrivains assignent à l'origine de la peinture
à Venise.

Quoi qu'il en soit , il paraît que là , comme
ailleurs, elle fut assez long-tems plongée dans la barbarie. Ce n'est guère que vers la fin du quatorzième
siècle que l'on trouve un nom digne d'être cité. Ce
fut cet infortuné Dominique, le second artiste d'Italie, qui connut l'art de peindre à l'huile, et qui paya
de sa vie à Florence cette connaissance si fatale
pour lui , en tombant sous le poignard du scélérat
André Castagna, qui , pour posséder seul ce secret,

★

fit assassiner le bienfaiteur de qui il le tenait. Ce fut le maître de Jacques Bellin, moins connu que ses deux fils, Gentil et Jean Bellin.

On ne sait guère de la vie de Gentil Bellin, que l'anecdote suivante : On prétend qu'il fut mandé à Constantinople, par le sultan Mahomet II. Entr'autres tableaux que ce peintre présenta à ce prince, se trouvait une Décolation de Saint-Jean. Le farouche et sanguinaire Ottoman, examina cet ouvrage avec attention, et le critiqua. Il dit à l'artiste, qu'il n'avait point consulté la nature ; qu'il aurait su, que lorsque la tête est séparée du col, la peau se retirait d'elle-même, et ne restait point parallèle avec le bord de la partie tranchée. Bellin se permit de lui faire quelques observations ; et le sultan, pour appuyer sa critique sur une preuve irrécusable, fit entrer un esclave, lui trancha la tête lui-même, et dit au peintre de voir si ce qu'il avait avancé était vrai. L'artiste, peu jaloux de conserver un semblable maître d'expression, se hâta de quitter Constantinople, et revint en Italie. On croit qu'il mourut à Florence, en 1501.

Jean, son frère, fit faire à l'art quelques progrès. Il peignit à l'huile ; sa couleur est bonne, et il eut quelqu'entente de l'harmonie. Son dessin est sec et gothique, ses attitudes sont d'un mauvais choix, ses figures sans expression ; mais l'on remarque de la noblesse dans ses têtes. Ce fut pourtant le maître du Giorgione et du Titien.

Le Giorgione était doué d'une extrême facilité. Il perfectionna l'art du dessin, et fut en cette partie bien supérieur à son maître. Mais ce qui lui assure un rang distingué parmi les chefs de cette belle école, c'est la beauté, la vivacité et la vérité de sa couleur. Malheureusement il fut enlevé beaucoup trop tôt aux arts. Il mourut à trente-deux ans.

Le Titien, son compagnon d'étude, issu d'une famille noble de Cador dans le Frioul, fut élevé à Venise chez un de ses oncles, et lui dut d'être placé dans l'école de Jean Bellin. Il quitta bientôt la manière aride de son maître, pour s'attacher aux principes que le Giorgione s'était créés.

Ces deux hommes ouvrent le beau siècle de la peinture à Venise. Lanzi nous apprend que les artistes célèbres, dont les talens illustrèrent ce siècle, arrivèrent à la gloire par différentes routes, mais tous s'entendirent, selon cet érudit écrivain, pour l'emporter par la vérité, la vivacité et la beauté du coloris, sur toutes les autres écoles d'Italie. Quelques personnes en ont cherché la raison dans le climat délicieux de Venise, et c'est mon opinion à moi-même, ainsi que je l'ai exposé en commençant cet article. D'autres l'ont attribuée à la qualité même des couleurs. Le Giorgione et le Titien en employaient peu, et ne les tiraient point de l'étranger ; ce fut constamment dans les magasins de Venise qu'il se les procurèrent. On était alors dans l'usage de préparer les tables et les toiles sur lesquelles on se proposait de peindre avec un enduit blanc. Ce fond blanc se mariait facilement avec les diverses couleurs que l'artiste employait, et leur donnait une transparence, un agrément, une sorte de velouté admirable. Les Vénitiens ajoutaient à cet avantage un art qui leur était propre ; ils empâtaient peu leurs couleurs, ensorte qu'à la longue, se tourmentant et s'altérant moins, elles demeuraient vierges pour ainsi-dire, selon l'expression de Lanzi. Cette habitude de travailler par touches, demandait non-seulement une habileté de génie et une promptitude de main extrême, mais encore un goût cultivé dès la tendre jeunesse. D'ailleurs, on ne connut jamais mieux que dans l'Ecole vénitienne, l'art de mélanger les couleurs, de les combiner ensemble et de les opposer les unes aux autres, et c'est surtout en cela que le Titien et quelques-uns de ses compatriotes excellèrent.

Par ce moyen, cette Ecole parvint à rendre les chairs avec une vérité singulière, mais encore aucune ne réussit à faire autant d'illusion dans la représentation des étoffes, des velours, des broderies, des voiles, et des autres draperies dont les peintres qu'elle a fournis

enrichissent communément les portraits composés
dans leurs ateliers. Elle se distingua encore dans la
manière de représenter tous les ouvrages, tous les
ustensiles d'or, d'argent et d'autres métaux, dans la
vérité, la fraîcheur et le choix des paysages, et dans l'art
de placer, varier et faire ressortir les groupes des
figures.

REYNOLDS appelle le style de l'Ecole vénitienne
un style *d'ornement*, et lui donne à cet égard le
premier rang sur toutes les Ecoles d'Italie. C'est ce
style que, suivant lui, le Vouet introduisit en France,
Rubens en Flandres, le Giordano à Naples et en
Espagne. Cet anglais assigne à ce style des vénitiens
la première place après le grand style, parce que,
selon lui, les peintres qui ont excellé dans celui-ci,
ont presque toujours redouté de se livrer à la pompe
des accessoires, d'abord parce qu'elle les détourne de
donner au dessin et à l'expression toute l'attention
nécessaire, mais encore, parce que ce luxe de décoration ne fournit au spectateur qu'un plaisir passager
dont l'expression ne passe pas de l'œil jusqu'au
cœur. Reynolds conseille d'après cela aux jeunes gens
d'éviter, comme dangereux pour eux, le style vénitien :
conseil que l'on ne doit entendre cependant que pour
ceux que leurs dispositions naturelles appellent au grand
style ; car enfin, comme le remarque judicieusement
l'Auteur italien que je citais tout-à-l'heure, la nature

★

a voulu que dans la distribution des talens, il en fut
certains mieux disposés à décorer qu'à exprimer, et
il serait injuste de les pousser dans une carrière où
ils entreraient toujours les derniers, et de leur fermer
celle où certes ils deviendraient les premiers; comme
si, dans ce genre d'éloquence muette, parce que l'on
n'aurait pas l'énergie et le génie de Démosthènes, il
fallût renoncer à l'élégance, à la pompe, et à l'abondance de Démétrius de Phalère.

Le Giorgione et le Titien furent tout-à-la-fois compagnons et rivaux, et leurs élèves ou imitateurs se
partagèrent, pour ainsi dire, la capitale et l'état; en
sorte que telle ville a plus hérité de ceux-là, et telle
autre de ceux-ci. Des connaisseurs, des écrivains
célèbres ont pensé que le Titien avait mieux vu la
nature que tout autre peintre, et l'avait représentée
dans toute la vérité; ils ont dit qu'il avait été son
confident intime, et que, soit qu'il ait voulu traiter
ou les figures ou les élémens, ou les paysages, ou
tout autre sujet enfin, il sembla l'avoir prise toujours
sur le fait. Il était né avec un esprit solide, calme,
mais pénétrant, plus disposé à l'amour du vrai, qu'à
celui de la nouveauté ou de la vraisemblance.

Son éducation pittoresque commença chez Sébas-
tiano Zuccati, de Trévise, d'où il passa dans l'école
de Jean Bellin. Ce fut là qu'il s'attacha d'abord à re-

présenter les objets d'une si petite proportion , qu'à peine
ils tombent sous les sens , en sorte que , dans un âge
un peu plus avancé , il lutta en ce genre contre Albert
Durer , et peignit à Ferrare ce Christ célèbre à qui un
pharisien présente une pièce de monnaie , et l'emporta
sur cet artiste si renommé par ce genre minutieux ;
mais il abandonna bientôt cette manière de peindre ,
et se créa alors un style plus grand et plus digne
de lui. Je dis qu'il se le créa , parce qu'en effet il
n'emprunta rien de personne.

LE premier de ces ouvrages , que l'on peut dire lui
appartenir tout entier , est dans la sacristie de San
Marziale ; il représente l'archange Raphaël avec Tobie.
Il avait trente ans lorqu'il le composa ; et peu de tems
après, selon Ridolfi, il exécuta pour l'école de la charité
la Présentation de Notre Seigneur au temple , l'un
des plus grands tableaux connus , mais qui malheureusement a été en grande partie détruit dans un
incendie. Mais avant de pousser plus loin l'examen
des ouvrages du Titien , il faut terminer ce qui nous
reste à dire du Giorgione , que quelques personnes
regardent comme son devancier , et qui cependant
était un peu plus jeune que lui , et fut non son maître ,
mais son camarade dans l'école de Jean Bellin , comme
je l'ai déjà remarqué au commencement de cet article.
Il est vrai que le Titien profita infiniment en étudiant
ses tableaux ; l'honneur de contribuer ainsi par ses

ouvrages aux progrès de son ami aurait dû le satisfaire ;
mais la jalousie ne consulte pas la raison , et cette circonstance qui devait ce semble les unir plus étroitement
fut au contraire ce qui les brouilla.

Le Giorgione dut beaucoup à l'étude profonde
qu'il fit des ouvrages de Léonard de Vinci. Ce fut
dans ses tableaux qu'il apprit l'art de donner un relief
convenable aux figures , de produire de beaux effets
de lumière , de bien fondre les couleurs ensemble ,
de leur conserver toute leur vivacité et leur franchise ,
et de répandre beaucoup d'harmonie dans toutes ses
compositions; ses chairs sont sur-tout admirables :
on voit le sang circuler sous l'épiderme. Il travaillait
avec facilité ; il avait en outre un avantage précieux
pour un peintre , celui de prévoir et de prévenir
l'effet du tems sur les couleurs. Sa manière de dessiner
a éprouvé quelques critiques; on trouve à son dessin
de la hardiesse et de la grandeur , mais on lui reproche
peu de caractère.

Ses fresques , dont plusieurs étaient peintes à l'exté-
rieur des édifices , ont été malheureusement détruites
par les rigueurs du tems. Il fit moins de grands
tableaux que de portraits ; il disposait et ajustait
ceux-ci avec une grâce extrême. On vante sur-tout
la légèreté et la souplesse qu'il savait donner aux
cheveux.

AVANT la formation du Muséum, on comptait sept
tableaux de ce maître dans la collection des anciens
rois de France. Il en était trois sur-tout que l'on citait
de préférence, savoir : une Vierge tenant l'Enfant
Jésus, remarquable par sa belle conservation et par
la vigueur du coloris; le portrait de Gaston de Foix,
dont l'idée a quelque chose de singulier et de piquant.
Le Giorgione a représenté ce prince assis dans un
salon décoré de glaces qui toutes réfléchissent son
portrait sous des aspects différents. Le troisième
enfin, est un concert champêtre. Celui-ci l'emporte
peut-être encore sur les deux autres, par la facilité
du faire, par sa belle harmonie et par la suavité,
la force et la fierté du pinceau : c'est le jugement
qu'en portent les auteurs éclairés du Dictionnaire des
Arts.

SA mort, arrivée malheureusement trop tôt, délivra
le Titien d'un rival et d'un concurrent redoutable.
Le portrait de François I.er, que le Titien exécuta
pendant le séjour que ce monarque fit en Italie,
accrut sa célébrité; il peignit Charles-Quint à Bologne
et le Pape Paul III deux fois, la première à Ferrare,
la seconde à Rome; celui-ci est un portrait historique. Le Souverain Pontife y est représenté assis,
s'entretenant avec le Duc Octave et le Cardinal Farnèse.

CES divers portraits, et quelques autres tableaux

★

capitaux, tels que sa Danaé, lui firent une réputation colossale; il fut appelé dans différentes cours de l'Europe. A Inspruch, il fit dans un même cadre le portrait de Ferdinand, roi des Romains, de la Reine son épouse et de sept de leurs enfans. On rapporte qu'un jour le Titien ayant eu l'honneur de recevoir Charles-Quint dans son atelier, laissa tomber son pinceau; l'Empereur se baissa pour le ramasser : « Le Titien, lui dit ce prince en répondant » aux excuses que le peintre lui présentait, le Titien » mérite bien d'être servi par César. »

La longue carrière que ce peintre a fournie et la vigueur de son talent qu'il a conservé presqu'entière dans un âge très-avancé, lui ont permis de produire beaucoup. La France, l'Espagne, l'Italie, possèdent ses chefs-d'œuvres. Sa haute renommée n'a pu cependant le mettre à l'abri de la critique. Sous le rapport de la couleur et de l'habileté du pinceau, tous les connaisseurs s'accordent à le regarder comme le premier des peintres; mais on lui reproche de l'incorrection dans le dessin, peu de scrupule dans le choix des formes, peu de grandeur et de noblesse dans les expressions, peu de poésie dans les idées.

Mengs est, parmi ces critiques, celui qui l'a le moins ménagé; il en parle longuement dans le premier volume de ses œuvres. A l'entendre, il serait

ridicule de le placer parmi les bons dessinateurs ;
c'est un peintre ordinaire qui n'a rien de commun
avec la belle antiquité , quoique , dit-il, s'il eût voulu
l'étudier , il eût pu l'imiter par la grande habileté
qu'il avait à copier la nature. Vasari est du même
sentiment, et pour l'appuyer rapporte que Michel-Ange,
en voyant une Léda du Titien , dit : que c'était un
grand malheur qu'à Venise l'on ne s'appliquât point,
en commençant , aux principes du dessin. Le Tintoret
est moins sévère , et cependant c'était son rival ; le
Titien a certaines parties de l'art, dit-il , dans lesquelles les meilleurs peintres ne peuvent l'égaler, et
dans celles qui leur sont communes ils ne peuvent
mieux dessiner ; et à ce sujet Lanzi cite son magnifique tableau de Saint-Pierre, martyr, que le Musée-
Napoléon possède aujourd'hui, et que nous avons décrit
dans une de nos précédentes livraisons, dans lequel,
au dire de l'Algarotti, les plus grands maîtres confes-
sent que l'on ne peut trouver l'apparence même d'un
défaut ; il cite encore sa Bacchanale et quelques autres
tableaux de lui que possédait le Duc de Ferrare.
Selon Augustin Carrache, « ce sont les plus belles peintures du monde et la merveille de l'art. »

Du Fresnoy avance qu'il ne réussit pas toujours
dans les figures d'hommes, et qu'il fut quelquefois
mesquin dans sa manière de drapper ; mais il ajoute
qu'en revanche on voit de lui des figures de femmes

et d'enfans d'une perfection étonnante de dessin et
d'un coloris admirable. Algarotti est du même sentiment, et Mengs, son censeur rigoureux, est obligé
de convenir de cette vérité quant aux figures d'enfans.
Tous les connaisseurs au reste s'accordent à dire que
dans ce genre personne ne l'égala, et que le Poussin
et le Flamand, si vantés dans cette partie, durent la
perfection à laquelle ils arrivèrent à cet égard à l'é-
tude constante et profonde qu'ils firent des ouvrages
du Titien. Reynolds assure que si quelquefois le style
de ce grand peintre n'offre pas toute la correction
que l'on retrouve dans quelques Ecoles d'Italie, il
est du moins toujours relevé par une sorte de dignité ;
que tous les portraits qu'il exécuta annoncent un peintre
d'un très-grand caractère, et qu'enfin il peut être
étudié avec fruit par ceux qui cherchent le sublime.
Zanetti le classe parmi les plus habiles coloristes ; il
le considère comme un observateur profond de l'ana-
tomie et comme un copiste éclairé de la belle antiquité ; mais il croit que s'il n'annonce point une
connaissance parfaite du jeu des muscles, et que si
dans les contours il n'atteignit point à la beauté idéale,
c'est qu'il n'en fit point l'étude dans un tems utile :
au reste, dit-il, le style du Titien, dans les figures
de femmes et d'enfans, eut constament un caractère
tout à-la-fois élégant, correct et noble, et le plus
souvent il fut grand, savant, *magistral* enfin dans
celles d'hommes.

Lanzi, qui a recueilli toutes ces opinions diverses, ajoute, avec beaucoup de modestie, qu'il n'ose interposer son jugement entre cette foule de véritables connaisseurs dont les avis offrent entr'eux tant de discordance; il se permet seulement de dire, à la gloire de cet artiste divin, que s'il eût suivi des principes plus sûrs, relativement au dessin, il eût été peut-être le plus grand peintre du monde, et qu'alors il eût certainement passé pour être le premier dessinateur, de même qu'il est reconnu par tous les critiques pour être le plus grand coloriste.

Il mérite ce titre; personne mieux que lui ne connut les effets que produisent les oppositions des couleurs; il sut conserver aux objets la même grâce, la même transparence, la même noblesse, et indiquer avec vérité les diverses carnations des personnages, soit qu'il les représentât dans la demi-teinte, soit qu'ils fussent frappés d'une grande masse de lumière. Personne avant lui, si ce n'est peut-être le Giorgione, n'avait étudié cette belle partie de la peinture, n'avait calculé l'équilibre que l'on doit mettre entre les couleurs, et n'était parvenu à produire des effets aussi magiques.

L'observation et l'étude de la nature présidaient à toutes ses compositions. Il ne s'y trouve aucun contraste qui ne soit le résultat de la méditation, aucun mouvement qui ne se rattache et ne concoure

à l'action principale. On peut en citer pour exemple
le Saint Pierre Dominicain, martyr, dont nous parlions
tout-à-l'heure, et l'assassinat d'une religieuse de Saint-
Antoine, que l'on voit à Padoue, où la terreur et
la sensibilité sont portées à leur comble : il était
tout à-la-fois érudit et ingénieux ; personne n'indiqua
avec plus d'habileté l'époque où se passèrent les scènes
qu'il décrit avec son pinceau. C'est vraiment un trait
de génie d'avoir placé, dans son magnifique tableau
du couronnement d'épines, un buste de Tibère. Grand
paysagiste, les sites qu'il employait ajoutaient à l'expression même des scènes dont ils étaient le théâtre.
Il réussissait également bien à indiquer les différentes
heures du jour où elles se passaient.

Nous avons déjà dit qu'il excella dans le portrait,
et c'est le sentiment de Vasari, qui le met à cet égard
au-dessus de tous ses contemporains. Le nombre des
personnes éminentes par leurs dignités, ou justement
célèbres par leurs talens dans les lettres et dans les arts,
dont il fit les portraits, est immense. Il dut à cette perfection sa grande fortune et la faveur des cours de
Rome, de Vienne et de Madrid. Paul III l'honora
de son amitié, et personne n'ignore le haut degré
d'estime que lui accordèrent Charles - Quint et ses
enfans ; il avait de l'habileté et de la franchise dans
le pinceau ; mais elles se remarquent plus dans ses
fresques que dans ses tableaux à l'huile. On en voit

quelques-unes à Padoue, mais malheureusement toutes celles dont il avait enrichi Venise sont aujourd'hui perdues, à l'exception d'un saint Christophe que l'on voit au palais Ducal, ouvrage étonnant, dit-on, pour le caractère et pour l'expression. Il était moins expéditif pour les tableaux à l'huile ; il faisait d'abord ses ébauches avec une grande liberté de pinceau ; il les abandonnait ensuite pendant quelque temps, et lorsque l'enthousiasme était refroidi, il les revoyait ; et faisant envers lui-même l'office de censeur, il en corrigeait tous les défauts. La maison Barbarigo, riche en productions de ce grand peintre, a quelques-unes de ces ébauches qu'il n'a point terminées ; il surmontait toutes les fatigues pour perfectionner ses ouvrages, et par une manie particulière, il mettait un grand soin à dérober au public la connaissance de ces fatigues. Telle fut sa manière de travailler dans le beau temps de son talent sublime. Il mourut de la peste à quatre-vingt-dix-neuf ans ; et, dans cet âge si avancé, il travaillait encore : les tableaux de sa vieillesse se ressentent de la faiblesse de sa vue et de sa main ; mais, comme la plupart des vieillards, il ne voulut jamais convenir de la décadence de son talent, et dans sa quatre-vingt-dix-neuvième année, il accepta encore l'entreprise d'ouvrages qui lui furent commandés. On cite une anecdote qui prouve que l'amour-propre l'accompagna jusqu'au tombeau. Quelqu'un ayant dit de son tableau de l'Annonciation que l'on voit à Saint-Salvatore, et

que dans le vrai le nom seul de son auteur rend recommandable, quelqu'un, dis-je, ayant avancé que
ce tableau ou n'était pas, ou ne paraissait pas être de
sa main, il en fut vivement offensé, et, prenant un
pinceau, il écrivit avec dépit au bas de ce faible ouvrage : *Tizianus fecit, fecit.*

SELON l'opinion de Lanzi, il faut convenir que,
malgré les défauts que l'on remarque dans les tableaux
de sa vieillesse, ils sont encore importans pour l'art,
et peuvent être très-utiles aux études des jeunes gens.
Il en est de ces tableaux comme de l'Odissée, ajoute
cet historien ; c'est le poème d'un vieillard, mais ce
vieillard est Homère.

ON pourrait supposer que ce peintre célèbre ne
fut point exempt de jalousie, et que ce sentiment,
indigne d'un homme aussi supérieur, s'étendit jusques
sur ses élèves. Les personnes versées dans l'histoire
des arts, savent qu'il fut d'une extrême sévérité, et
qu'il persécuta même Paris Bordone, dont les ouvrages attestaient le désir qu'il avait de l'imiter. Il est
constant qu'il chassa le Tintoret de son atelier, et que
cette crainte de se voir égaler, lui fit adroitement
diriger vers la profession de marchand les idées de
son propre frère, que la nature avait doué de dispositions rares pour la peinture.

FIN DU SIXIÈME VOLUME.

www.ingramcontent.com/pod-product-compliance
Lightning Source LLC
Chambersburg PA
CBHW070319030726
47505CB00004B/1032